D1720015

Un roi sans divertissement

Jean Giono

Un roi sans divertissement

Préface de Mireille Sacotte

FRANCE LOISIRS
123, boulevard de Grenelle, Paris

Édition du Club France Loisirs, Paris,
réalisée avec l'autorisation des Éditions Gallimard.

© Éditions Gallimard, 1947, pour *Un roi sans divertissement*.
© Éditions Gallimard, 1995, pour la préface.
© France Loisirs, 1999, pour la présente édition.
ISBN : 2-7441-2790-6

La question du genre

Roman policier ?

C'est l'idée qui s'impose au début de la lecture. Une série de meurtres a lieu dans un village isolé, sans mobile apparent. Les gendarmes viennent. Leur capitaine enquête et trouve des débuts d'indices. La suite montre la découverte du coupable, son arrestation et son exécution.

L'ennui, c'est que le schéma du roman policier ne concerne que le premier tiers du roman. Et à y regarder de plus près, ce tiers même échappe largement aux lois du genre. Ainsi, ce n'est pas Langlois, le capitaine de gendarmerie, qui découvre le meurtrier, mais un villageois, Frédéric II. Le gendarme, à cette occasion, se comporte même de façon assez ridicule, et la scène où Frédéric, qu'il croyait enlevé et mort, vient l'avertir de sa découverte appartient au genre grotesque. Langlois perd contenance et parle « très bêtement, d'une petite voix enfantine ». Après quoi il se ressaisit et confisque la découverte. Mais c'est alors un bien étrange gendarme que celui qui, une fois le meurtrier débusqué, fait justice lui-même, alors qu'il y a des tribunaux pour cela, comme le font remarquer avec bon sens les villageois.

Ce manquement volontaire à la déontologie devient, dans la lettre de démission de Langlois, un regrettable « manque de sang-froid » ayant entraîné un « terrible accident » — une bavure, en somme. Alors que la scène a montré exactement le contraire. Et nul n'y trouve à redire. La hiérarchie accepte le fait. Pis, le procureur, complice, est ensuite aux petits soins pour le gendarme-assassin.

Giono emprunte un genre, pour le pervertir, puis l'oublier très vite. Fausse piste.

Opéra bouffe ?

Giono lui-même nous engage vers cette autre piste. En effet, sur la page de garde du manuscrit, il avait écrit en sous-titre : « Opéra bouffe », mot biffé par la suite. De plus, les carnets rédigés à l'époque d'*Un roi* désignent souvent l'ouvrage en cours sous ce terme. Robert Ricatte, qui a réfléchi à la définition et interrogé Giono, pense que cette indication renvoie au genre de l'opéra pratiqué par Mozart qui insère dans une trame et un style sérieux, et parfois tragique, des éléments divertissants, voire bouffons.

Or le roman est un livre plein de violence, de peur, de sang et de mal, mais c'est aussi un livre familier dont les personnages, en majorité paysans, ont les pieds sur terre, des préoccupations quotidiennes, un langage ordinaire, voire ordurier, qui déteint parfois sur celui du narrateur. Les personnages, même les plus hantés par les choses de l'âme, sont parfois traités à la limite de la caricature — Langlois, nous le disions, mais aussi le procureur royal, énorme et d'une « légèreté aéronautique », au même titre que Saucisse dont le nom, l'activité, le physique font un personnage avant tout truculent, et même Mme Tim, tout aussi grosse. Leur corpulence insolite donne lieu à des scènes d'allure comique : la scène dans la souillarde qu'à deux, Mme Tim et Saucisse remplissent complètement, la promenade à trois (avec le procureur) dans le château où l'ébranlement produit par leurs « trois gros corps » déclenche le « grelottement » d'une collection d'instruments anciens. Et pourtant ils agitent alors des questions de vie ou de mort. Quand la porte du café se ferme, quand le quotidien, fait de vieux cracheurs autour du poêle, est évacué, non sans quelques haut-le-cœur, alors se posent à eux toutes les vraies questions — « la marche du monde », la difficulté de vivre, d'être un homme séparé —, alors s'ouvre la porte de la métaphysique.

Giono, dans la même scène, dans le même personnage, mêle les genres avec un évident plaisir.

La qualification d'opéra bouffe mettrait aussi en évidence la composition musicale du livre. Quelques scènes brillantes, très colorées, rouge et or, rythmant l'action : l'automne dans le Trièves, la messe de minuit, la battue au loup avec le chœur des villageois, le dîner au grand restaurant de Grenoble. Des récitatifs, solos narratifs du « je », et des dialogues à deux ou trois personnages qui se donnent la réplique.

On peut donc explorer cette piste avec quelque apparence de sérieux. Mais Giono a finalement barré « Opéra bouffe » et remplacé ces deux mots par un seul : « Chronique ».

Chronique ?

Il l'a laissé sur le manuscrit qu'il a voulu considérer comme le premier d'une série à écrire. Dans la préface à l'édition des *Chroniques romanesques* publiée en 1962, il s'est expliqué sur le terme et sur ses ambitions.

Un roi devait marquer une étape dans la construction de son œuvre. La première partie avec *Colline, Un de Baumugnes, Regain, Le Chant du monde, Le Grand Troupeau, Batailles dans la montagne,* lui avait servi à créer, à partir d'un territoire réel, *grosso modo* la haute Provence et le Trièves, « un Sud imaginaire, une sorte de terre australe ». Désormais il lui fallait « donner à cette invention géographique sa charpente de faits divers (tout aussi imaginaires) », ou encore représenter « tout le passé d'anecdotes et de sou-

venirs dont il avait par [s]es romans précédents composé la
géographie et les caractères ». On est donc d'emblée bien loin
des chroniques médiévales à la façon de Commynes et de
Froissart, loin des historiographes royaux, bien qu'il s'agisse,
dès le titre, d'un roi.

Sans doute trouve-t-on dans le roman quelques repères
chronologiques plus précis que dans les œuvres précédentes.
L'histoire se passe sous la monarchie de Juillet, pendant trois
hivers successifs : 1843-1844-1845. Elle ne prête guère cependant à la reconstitution d'une époque ou d'une société. Le
roman de Giono n'est pas un miroir qu'on promène le long de
la grand-route. L'auteur, dans la préface, parle non pas d'histoire mais d'anecdotes et de faits divers. Le narrateur, lui,
affirme avoir consulté « [s]on ami Sazerat, de Prébois »,
auteur imaginaire de « quatre ou cinq opuscules d'histoire
régionale sur ce coin du Trièves », dont la matière première
est celle des chroniques judiciaires locales. Giono, dans les
années quarante, est un grand lecteur des *Causes célèbres*, des
Mémoires de Vidocq. C'est bien le fait divers, extraordinaire
et sanglant, qui l'intéresse, mais non pas pour dresser, comme
Stendhal, un état des lieux et du temps. À ses yeux l'intérêt du
fait divers est que, sous une apparence anecdotique singulière,
il exprime sur un mode frappant, superlatif, une donnée inat-
tendue ou cachée qui renseigne pourtant sur l'homme en
général. Cet historien, de Prébois, qui est un moraliste, dit
bien que l'aventure de M. V. n'a pas été consignée dans les
livres par censure volontaire, car « on n'est jamais sûr qu'à un
moment ou à un autre on ne sera pas poussé à quelque extravagance ».

Alors, chronique si l'on veut, mais au sens de fait divers
extraordinaire à portée universelle. Autrement dit, chronique à
la Giono.

Essai de psychologie clinique ?

Au départ, le personnage central du roman est l'assassin qui rôde, M. V., et Langlois, qui arrive plus tard, est un peu délaissé par la narration, et même maltraité. Mais dès que la culpabilité de M. V. est établie, celui-ci disparaît, et la vedette passe désormais à Langlois qui s'installe symboliquement au centre du village — pour mieux voir, en principe. En fait, c'est lui qui devient le centre du guet de tous les autres personnages jusqu'à la fin, et même au-delà de sa mort. Comme si M. V. lui avait passé le relais. Mais le relais de quoi ? De sa névrose, de son mode de divertissement qui consiste à désirer voir le sang couler — de préférence, pour raisons esthétiques, sur la neige —, et à passer à l'acte. *Un roi* est, en effet, le roman d'une contagion morale et physique. Une fois enclenché le processus des meurtres, rien ne peut plus arrêter M. V., aucun principe moral, aucune crainte d'aucun châtiment. Langlois, qui à force de l'imaginer le comprend, l'arrête et le satisfait en lui donnant amicalement la mort. Ce faisant il devient un tueur et prend en charge le mécanisme qui se continue en lui. En dépit des efforts de ses amis qui, en connaissance de cause, lui proposent des divertissements de substitution, en dépit des dérivatifs qu'il se trouve lui-même, il sait qu'il est lui aussi le portrait de M. V., qu'il contemple si longuement chez la brodeuse, et que rien ni personne ne pourra l'arrêter.

Lorsque Giono se met à écrire son nouveau roman, il est, en fait, bloqué dans l'écriture du *Hussard sur le toit* et cherche à surmonter ce blocage par un divertissement, un autre récit. Mais, sous une forme neuve, sans s'en apercevoir, il écrit le même livre. Le début du *Hussard sur le toit* conte les progrès foudroyants d'une épidémie de choléra dans une région de Provence ; *Un roi* conte l'histoire de contaminations successives dans le Trièves. Certains actes, le plaisir pris à certains spectacles, sont aussi décisifs sur les âmes que l'effet des microbes sur les corps. *Le Hussard sur le toit* ne saurait cependant rester une monographie épidémiologique. La rencontre d'Angelo et de Pauline de Theus fera passer le choléra du statut de sujet central à celui de toile de fond pour la naissance d'un amour. Mais l'âme, prise par le plaisir de tuer, est incurable. Les périodes d'espoir de rémission, la recherche de palliatifs, toujours insuffisants, formeront la trame entière et les épisodes de ce roman qui pourrait s'appeler : « Chronique d'une contagion mentale dans un village du Trièves ».

Conte moral ?

Mais c'est d'abord, sans doute, de l'impossible guérison d'une âme malade qu'il faudrait parler. Car tant qu'il ne s'agit que de désir ou de pulsion de mort, tout peut encore être sauvé, l'âme n'est touchée qu'en des régions très profondes, la pulsion refoulée peut n'avoir aucune occasion de se réveiller. M. V., trop gravement atteint, ne peut attendre de rémission que dans la mort qu'il accepte avec gratitude. Le loup se conforme au même schéma. Reste Langlois qui pourrait s'abriter moralement derrière sa fonction pour tuer.

Impunément. Mais en tuant M. V., il a commis le contraire d'une maladresse : un acte bien conscient. Il sait désormais que son mal, connu, canalisé, est trop installé et qu'il devra un jour ou l'autre cesser de tuer des loups ou des oies pour tuer du gibier plus intéressant ; il décide donc de s'immoler lui-même avec le plus de violence possible. À sa façon il est donc une figure christique, il prend tout le mal sur lui, il se veut seul coupable et non pas, comme Jésus, victime. Lui qui a été « accueilli comme le Messie » a commencé par barrer la route à Frédéric II qui, loup en puissance, n'est pas devenu assassin. Puis il a beaucoup rôdé, toujours à sa façon, autour de la messe où se célèbrent la mise à mort du Christ et le rachat de

l'humanité pécheresse. Lors de la battue, au milieu de la violence générale, parmi les torches semblables à des colombes
(le texte insiste sur cet oiseau d'arche et de Saint-Esprit), il
s'avance, les « bras étendus en croix », en prononçant le seul
mot de « Paix ! » qui apaise les hommes, les bêtes et la nature,
et il prend sur lui le péché de tuer pour la deuxième fois.
Enfin, lorsqu'il est convaincu que son mal est trop profond,
qu'il ne pourra pas échapper au destin de M. V., dans un dernier acte héroïque il refuse ce que M. V. et le loup ont accepté
à ses dépens, qu'on lui apporte la mort « sur un plateau ».
Celui qui accepterait fraternellement de l'abattre hériterait de
son mal et de son destin, il le sait. Il se donne la mort tout
seul, épargnant ses amis, et si les bras du Christ en croix
embrassaient tout l'espace de la terre, la tête de Langlois
prend, elle, « les dimensions de l'univers ». Mais, ce faisant, il
ne rachète ni lui-même ni personne car le mal court. Les
combats à mort de Delphine et de Saucisse le prouvent.

Le curé du village avait bien raison de le regarder de travers. Le point de vue de Langlois sur la messe n'a rien
d'orthodoxe, pas plus que le point de vue de Giono sur le
Christ, on s'en doutait.

Roman policier, opéra bouffe, chronique, essai clinique,
conte moral, *Un roi* est un peu tout cela à un moment ou
l'autre, par un aspect ou un autre. La question du genre n'est
pas tranchée, et ne peut l'être, sauf à donner aux mots un sens
qu'ils n'ont pas d'habitude. *Un roi sans divertissement* est un
roman de Giono. Point.

MIREILLE SACOTTE

*Ce texte reprend le deuxième chapitre de l'essai que Mireille
Sacotte, professeur à l'Université de la Sorbonne Nouvelle-
Paris III et spécialiste de Jean Giono, a consacré en 1995 à*
Un roi sans divertissement, *dans la collection « Folio-
thèque », chez Gallimard.*

... Si vous m'envoyiez votre cornemuse et toutes les autres petites pièces qui en dépendent, je les arrangerais moi-même et jouerais quelques airs bien tristes, bien adaptés puis-je dire, à ma pénible situation de prisonnier.

(Lettre de Auld-Reekie).

FRÉDÉRIC a la scierie sur la route d'Avers. Il y succède à son père, à son grand-père, à son arrière-grand-père, à tous les Frédéric.

C'est juste au virage, dans l'épingle à cheveux, au bord de la route. Il y a là un hêtre ; je suis bien persuadé qu'il n'en existe pas de plus beau : c'est l'Apollon-citharède des hêtres. Il n'est pas possible qu'il y ait, dans un autre hêtre, où qu'il soit, une peau plus lisse, de couleur plus belle, une carrure plus exacte, des proportions plus justes, plus de noblesse, de grâce et d'éternelle jeunesse : Apollon exactement, c'est ce qu'on se dit dès qu'on le voit et c'est ce qu'on se redit inlassablement quand on le regarde. Le plus extraordinaire est qu'il puisse être si beau et rester si simple. Il est hors de doute qu'il se connaît et qu'il se juge. Comment tant de justice pourrait-elle être inconsciente ? Quand il suffit d'un frisson de bise, d'une mauvaise utilisation de la lumière du soir, d'un *porte-à-faux* dans l'inclinaison des feuilles pour que la beauté, renversée, ne soit plus du tout étonnante.

En 1843-44-45, M. V. se servit beaucoup de ce hêtre. M. V. était de Chichiliane, un pays à vingt et un kilomètres d'ici, en route torse, au fond d'un vallon haut. On n'y va pas, on va ailleurs, on va à Clelles (qui est dans la direction), on va à Mens, on va même loin dans des quantités d'endroits, mais on ne va pas à Chichiliane. On irait, on y ferait quoi ? On ferait quoi à Chichiliane ? Rien. C'est comme ici.

Ailleurs aussi naturellement; mais ailleurs, soit à l'est ou à l'ouest, il y a parfois un découvert, ou des bosquets, ou des croisements de routes. Vingt et un kilomètres, en 43, ça faisait un peu plus de cinq lieues et on ne se déplaçait qu'en blouse, en bottes et en bardot au pas. C'était donc très extraordinaire, Chichiliane.

Je ne crois pas qu'il reste des V. à Chichiliane. La famille ne s'est pas éteinte mais personne ne s'appelle V. ni le bistrot, ni l'épicier et il n'y en a pas de marqué sur la plaque du monument aux morts.

Il y a des V. plus loin, si vous montez jusqu'au col de Menet (et la route, d'ailleurs, vous fait traverser des foules vertes parmi lesquelles vous pourrez voir plus de cent hêtres énormes ou très beaux, mais pas du tout comparables au hêtre qui est juste à la scierie de Frédéric), si vous descendez sur le versant du Diois, eh bien, là, il y a des V. La troisième ferme à droite de la route, dans les prés, avec une fontaine dont le canon est fait de deux tuiles emboîtées; il y a des roses trémières dans un petit jardin de curé et, si c'est l'époque des grandes vacances, ou peut-être même pour Pâques (mais à ce moment-là il gèle encore dans ces parages), vous pourrez peut-être voir, assis au pied des roses trémières, un jeune homme très brun, maigre, avec un peu de barbe, ce qui démesure ses yeux déjà très larges et très rêveurs. D'habitude (enfin quand je l'ai vu, moi), il lit, il lisait Gérard de Nerval : *Sylvie.* C'est un V. Il est (enfin il était) à l'École normale de, peut-être Valence, ou Grenoble. Et, dans cet endroit-là, lire *Sylvie* c'est assez drôle. Le col de Menet, on le passe dans un tunnel qui est à peu près aussi carrossable qu'une vieille galerie de mine abandonnée, et le versant du Diois sur lequel on débouche alors c'est un chaos de vagues monstrueuses bleu baleine, de giclements noirs qui font fuser des sapins à des, je ne sais pas moi, là-haut; des glacis de roches d'un mauvais rose ou de ce gris sournois des gros mollusques, enfin, *en terre,* l'entrechoquement de ces immenses trappes d'eau sombre qui s'ouvrent sur huit mille mètres de fond dans le barattement des cyclones. C'est pourquoi je dis, *Sylvie,* là, c'est assez drôle; car la ferme, qui s'appelle « Les Chirouzes », est non seulement très solitaire, mais manifestement, à ses murs bombés, à son toit, à la façon dont les portes et les fenêtres sont cachées entre des arcs-boutants énormes, on voit bien qu'elle a peur. Il n'y a pas d'arbres autour. Elle ne peut se cacher que dans la terre et il est clair qu'elle le fait de toutes ses forces : la pâture derrière est plus haute que le toit. Le jardin de curé est là, quatre pas de côté, entouré de fil de fer, il me semble, et les roses trémières sont là, on ne sait pas pourquoi, et V. (Amédée), le fils, est là, devant tout. Il lit *Sylvie,* de Gérard de Nerval. Il lisait *Sylvie* de Gérard de Nerval quand je l'ai vu. Je n'ai pas vu son père, sa mère; je ne sais pas s'il a des frères ou des sœurs; tout ce que je sais, c'est que c'est un V., qu'il est à l'École normale de Valence ou de Grenoble et qu'il passe ses vacances là, à sa maison.

Je ne sais même pas si c'est un parent, un descendant de ce V. de 1843. C'est la seule famille portant ce nom à proximité — relative — de Chichiliane.

Celui de 1843, je n'ai pas pu savoir exactement comment il était. On n'a pas pu me dire s'il était grand ou petit. Je le vois, moi, avec la barbe; un peu comme la barbe du jeune homme qui lit Gérard de Nerval : des poils très bruns, très vigoureux, très frisés, sans doute très épais, mais donnant une barbe un peu clairsemée à travers laquelle on aperçoit vaguement la forme du menton. Pas une belle barbe, mais une barbe, je sais très bien ce que je veux dire, une barbe, nécessaire, obligée, indispensable. Grand? Mon Dieu, il aurait pu être petit, à condition d'être râblé; mais certainement d'une très grande force physique.

J'ai demandé à mon ami Sazerat, de Prébois. Il a écrit quatre ou cinq opuscules d'histoire régionale sur ce coin du Trièves. J'ai trouvé dans sa bibliothèque une importante iconographie sur Cartouche et Mandrin, sur des loups-garous dont les différentes gueules sont portraiturées (il n'y manque pas une canine). Il y a les portraits de deux ou trois étrangleurs de bergères et même des quantités de documents sur un nommé Brachet, notaire à Saint-Baudille, qui « souleva sa caisse en l'honneur d'une lionne », mais sur mon V. de 43 rien ; pas un mot.

Sazerat cependant connaît l'histoire. Tout le monde la connaît. Il faut en parler, sinon l'on ne vous en parle pas. Sazerat m'a dit : « C'est par délicatesse. On l'a considéré comme un malade, un fou. On s'arrange pour que ça ne fasse pas époque. On est assez sûr de soi pour savoir qu'on ne va pas se mettre du jour au lendemain à arrêter les cars sur la route mais on n'est jamais sûr qu'à un moment ou à un autre on ne sera pas poussé à quelque extravagance. Tant vaut qu'on ne parle pas de ces choses-là, qu'on n'attire pas l'attention là-dessus. »

Je lui dis : « Marche, marche, tu ne me dis pas tout !

— Bien sûr que si, dit-il, qu'est-ce que tu veux que je te cache ? » — Évidemment, c'est un historien ; il ne cache rien : il interprète. Ce qui est arrivé est plus beau ; je crois.

43 (1800 évidemment). Décembre. L'hiver qui avait commencé tôt et depuis, dare-dare, sans démarrer. Chaque jour la bise ; les nuages s'entassent dans le fer à cheval entre l'Archat, le Jocond, la Plainie, le mont des Pâtres et l'Avers. Aux nuages d'octobre déjà noirs se sont ajoutés les nuages de novembre encore plus noirs, puis ceux de décembre par-dessus, très noirs et très lourds. Tout se tasse sur nous, sans bouger. La lumière a été verte, puis boyau de lièvre, puis noire avec cette particularité que, malgré ce noir, elle a des ombres d'un pourpre profond. Il y a huit jours on voyait encore le Habert du Jocond, la lisière des bois de sapins, la clairière des gentianes, un petit bout des prés qui pendent

d'en haut. Puis les nuages ont caché tout ça. Bon. Alors, on voyait encore Préfleuri et les troncs d'arbres qu'on a jetés de la coupe, puis les nuages sont encore descendus et ont caché Préfleuri et les troncs d'arbres. Bon. Les nuages se sont arrêtés le long de la route qui monte au col. On voyait les érables et la patache de midi et quart pour Saint-Maurice. Il n'y avait pas encore de neige, on se dépêchait à passer le col dans les deux sens. On voyait encore très bien l'auberge (cette bâtisse que maintenant on appelle *Texaco* parce qu'on fait de la réclame pour de l'huile d'auto sur ses murs), on voyait l'auberge et tout un trafic de chevaux de renfort pour des fardiers qui se dépêchaient de profiter du passage libre. On a vu le cabriolet du voyageur de la maison Colomb et Bernard, marchands de boulons à Grenoble. Il descendait du col. Quand celui-là rentrait, c'est que le col n'allait pas tarder à être bouché. Puis, les nuages ont couvert la route, *Texaco* et tout ; ont bavé en dessous dans les prés de Bernard, les haies vives ; et, ce matin, on voit, bien entendu, encore les vingt à vingt-cinq maisons du village avec leur épaisse barre d'ombre pourpre sous l'auvent, mais on ne voit plus la flèche du clocher, elle est coupée ras par le nuage, juste au-dessus des Sud, Nord, Est, Ouest.

D'ailleurs, tout de suite après il se met à tomber de la neige. À midi, tout est couvert, tout est effacé, il n'y a plus de monde, plus de bruits, plus rien. Des fumées lourdes coulent le long des toits et emmantellent les maisons ; l'ombre des fenêtres, le papillonnement de la neige qui tombe l'éclaircit et la rend d'un rose sang frais dans lequel on voit battre le métronome d'une main qui essuie le givre de la vitre, puis apparaît dans le carreau un visage émacié et cruel qui regarde.

Tous ces visages, qu'ils soient d'hommes, de femmes, même d'enfants, ont des barbes postiches faites de l'obscurité des pièces desquelles ils émergent, des barbes de raphia noir qui mangent leurs bouches. Ils ont tous l'air de prêtres d'une sorte de serpent à plumes, même le curé catholique, malgré l'*ora pro nobis* gravé sur le linteau de la fenêtre.

Une heure, deux heures, trois heures, la neige continue à tomber. Quatre heures ; la nuit ; on allume les âtres ; il neige. Cinq heures. Six, sept ; on allume les lampes ; il neige. Dehors, il n'y a plus ni terre ni ciel, ni village ni montagne ; il n'y a plus que les amas croulants de cette épaisse poussière glacée d'un monde qui a dû éclater. La pièce même où l'âtre s'éteint n'est plus habitable. Il n'y a plus d'habitable, c'est-à-dire il n'y a plus d'endroit où l'on puisse imaginer un monde aux couleurs du paon, que le lit. Et encore, bien couverts et bien serrés, à deux, ou à trois, quatre, des fois cinq. On n'imagine pas que ça puisse être encore si vaste, les corps. Qui aurait pensé à Chichiliane ?

Et pourtant, c'était justement ça.

Un jour, deux jours, trois jours, vingt jours de neige ; jusqu'aux environs du 16 décembre. On ne sait pas exactement la date, mais enfin, 15, 16 ou 17, c'est un de ces trois jours-là, le soir, qu'on ne trouva plus Marie Chazottes.

— Comment, on ne la trouve plus ?

— Non, disparue.

— Qu'est-ce que vous me dites là ?

— Disparue depuis trois heures de l'après-midi. On a d'abord cru qu'elle était allée chez sa commère, non ; chez une telle, non. On ne l'a vue nulle part.

Le lendemain, à travers la neige qui continue à tomber dru, on voit passer Bergues avec ses raquettes, et il descend du côté du cimetière des protestants, vers les Adrets. On en voit un autre qui monte vers la Plainie par le chemin des chèvres ; et un troisième qui file à Saint-Maurice pour, de là, après avoir cherché dans les vallons, aller prévenir les gendarmes.

Car, Marie Chazottes a bel et bien disparu. Elle est sortie de chez elle vers les trois heures de l'après-midi, juste avec un fichu, et sa mère a même dû la rappeler pour qu'elle mette ses sabots; elle sortait en chaussons, n'allant, dit-elle, que jusqu'au hangar de l'autre côté de la grange. Elle a tourné l'angle du mur et, depuis, plus rien.

Les uns disent... cinquante histoires naturellement, pendant que la neige continue à tomber, tout décembre.

Cette Marie Chazottes avait vingt ans, vingt-deux ans. Difficile aussi de savoir comment elle était, car ici on vous dit : « C'est une belle femme » pour « une grosse femme ». Belle? Il faut de gros mollets, de grosses cuisses, une grosse poitrine et se bouger assez vite; alors c'est beau. Sinon, on considère que c'est du temps perdu. On ira jusqu'à dire : « Elle est pas mal », ou : « Elle est jolie » mais on ne dira jamais : « Elle est belle. »

La belle-mère de Raoul, tenez, c'est une Chazottes. C'est même la fille de la tante de cette Marie de 43; une tante qui était plus jeune que sa nièce; ce qui arrive très souvent par ici. Eh bien, voilà, celle-là, et par conséquent la femme de Raoul, est une Chazottes. Le petit Marcel Pugnet, il en vient par sa mère qui était la sœur de la belle-mère de Raoul. Et les Dumont, ils en viennent aussi, par la fille du cousin germain de la belle-mère de Raoul.

Les Dumont, précisément (il est vrai qu'on ne juge pas les hommes comme on juge les femmes), mais, les Dumont sont de très beaux hommes, incontestablement. Ça, à Saint-Maurice, Avers, Prébois, on est d'accord. La stature, les yeux clairs, affables, serviables, la façon de marcher : ils ont tout pour eux. Ils ont un très joli nez, un nez que vous retrouvez chez le petit Marcel, de même que les yeux clairs. Les Dumont, les Pugnet, la femme de Raoul sont bruns, d'un brun même rare ici : très noir et luisant. Et la femme de Raoul, même en faisant le travail qu'elle fait, toujours dehors et aux champs, est restée blanche. Enfin, elle n'est pas hâlée comme tout le monde. Le haut des bras, on le voit dans la manche du corsage, est resté blanc comme du lait. Les

Dumont, ils sont blêmes, pas rouges ni bronzés, quoiqu'ils soient en parfaite santé. C'est ainsi qu'on peut, peut-être, voir Marie Chazottes : une petite brune aux yeux clairs, blanche comme du lait, vive et bien faite, comme la femme de Raoul.

Tous ceux dont nous venons de parler et qu'on peut voir vivre de nos jours sont honnêtes et ils forcent même peut-être un peu vers l'austérité. De même, en 43, on ne pensa pas une minute que Marie Chazottes avait pu *s'enlever*. Un gendarme prononça le mot, mais c'était un gendarme, et originaire de la vallée du Grésivaudan. D'ailleurs, *s'enlever* avec qui ? Tous les garçons du village étaient là. De plus, tout le monde le savait, elle ne *fréquentait* pas. Et, quand sa mère la rappela pour lui faire mettre ses sabots, elle sortait en chaussons. À se faire *enlever,* c'était à se faire *enlever* par un ange, alors !

On ne parla pas d'ange, mais c'est tout juste. Quand Bergues et les deux autres braconniers et qui connaissaient parfaitement leur affaire (tous les coins où l'on peut se perdre) rentrèrent bredouilles, on parla de diable en tout cas. On en parla même tellement que le dimanche d'après le curé fit un sermon spécial à ce sujet. Il y avait très peu de monde pour l'entendre, à part quelques vieilles, curieuses, on sortait le moins possible. Le curé dit que le diable était un ange, un ange noir, mais un ange. C'est-à-dire que, s'il avait eu à faire avec Marie Chazottes, il s'y serait pris autrement. Il n'en manque pas des femmes qui sont dans sa clientèle, elles ne disparaissent pas. Au contraire. Si le diable avait voulu s'occuper de Marie Chazottes, il ne l'aurait pas emportée. Il l'aurait...

Juste à ce moment-là on entendit un coup de fusil dehors et deux cris. La neige ne s'était pas arrêtée de tomber parce que c'était dimanche, au contraire, et le jour était si sombre que cette messe de dix heures du matin avait une lumière de fin de vêpres.

— Ne bougez pas, dit le curé à ses dix ou douze vieilles tout d'un coup transies.

Il descendit de chaire, fit cacher son abbéton dans un confessionnal et il alla ouvrir la porte. C'était un bel homme. La porte pouvait être ouverte, il la bouchait avec toute sa carrure. La place de l'église était déserte.

— Qu'est-ce que c'est? cria le curé pour se faire entendre de ceux qu'il voyait vaguement à travers la neige et à travers les vitres du Café de la route.

Ceux-là sortirent et dirent qu'ils n'en savaient rien.

— Eh bien! venez ici, dit le curé. Vous voyez bien que je suis en surplis et en souliers à boucles. J'ai là des femmes qu'il faut raccompagner chez elles.

C'est en raccompagnant la Martoune que Bergues et deux autres types qui prenaient l'apéritif au Café de la route tombèrent sur le petit groupe éberlué dans lequel se tenait l'homme qui venait de tirer le coup de fusil. C'était un nommé Ravanel dont le nom a été transmis (ainsi d'ailleurs que tous les noms que je vous indique) car il avait bien failli participer au drame autrement que par le coup de fusil qui avait arrêté net le sermon de M. le curé sur le diable. M. le curé avait raison. Il ne s'agissait pas du diable. C'était beaucoup plus inquiétant.

La Martoune habite le quartier des Pelousères. C'est juste à l'angle de la boulangerie de Fagot, une d'abord rue, puis route, puis sente, qui monte vers le Bois noir. Quartier très aimable de maisons toutes séparées les unes des autres par de petits jardins potagers et de fleurs. Au moment de l'histoire, puisque c'était l'hiver, et un des plus rudes qu'on ait connus, la neige qui tombait depuis plus d'un mois sans arrêt avait naturellement recouvert les jardins; et les maisons étaient comme plantées à vingt mètres l'une de l'autre dans une steppe unie et toute blanche.

C'est là, devant sa propre grange que Ravanel, stupide mais tremblant de colère, se tenait avec deux de ses plus proches voisins. Et voilà ce qu'il dit, après que Bergues, avec beaucoup de présence d'esprit, lui eut enlevé des mains ce fusil dans lequel il restait encore un coup à tirer.

« J'ai dit au petit (le petit, c'était Ravanel Georges qui, à ce moment-là, avait vingt ans et, si vous en jugez par le Ravanel qui de nos jours conduit les camions et est justement le petit-fils de ce fameux Georges, ça devait être un petit assez gros), j'ai dit au petit : "Va voir ce que font les gorets." Il y avait des bruits pas catholiques (vous comprendrez pourquoi tout à l'heure). Il est sorti. Il a tourné le coin, là ; là, à trois mètres. Heureusement, moi, j'étais resté devant la vitre de la porte. Il tourne le coin. Il n'a pas plus tôt tourné le coin que je l'entends crier. Je sors. Je tourne le coin. Je le trouve étendu par terre. Deux secondes, et, là-haut, entre la maison de Richaud et celle des Pelous, j'ai vu passer un homme qui courait vers la grange de Gari. Le temps de prendre mon fusil et je lui ai tiré dessus pendant qu'il montait là-haut vers la petite chapelle. Et là, il est descendu dans le chemin creux. »

On avait rentré le Georges. Il était d'ailleurs sur pied et il buvait un peu d'alcool d'hysope pour se remettre. Et voilà ce qu'il dit :

« J'ai tourné le coin. Je n'ai rien vu. Rien du tout. On m'a couvert la tête avec un foulard et j'ai été chargé comme un sac sur le dos de quelqu'un qui m'emportait, qui a fait quelques pas ; qui m'emportait, quoi. Mais, quand j'ai reçu ce foulard sur la figure, j'ai baissé la tête, ce qui fait que, quand on m'a chargé, au lieu que le foulard m'étrangle en même temps, il ne m'a pas tout à fait étranglé puisque j'ai pu crier. Alors, on m'a rejeté et j'ai entendu le père qui disait : "Oh ! Capounas !" Et après, il a tiré un coup de fusil. »

Il n'avait pas pu aller jusqu'aux soues où, d'ailleurs, le tumulte continuait. On alla se rendre compte et là, alors, on vit quelque chose d'assez malpropre. Un des cochons était couvert de sang. On n'avait pas essayé de l'égorger, ce qu'on

aurait pu comprendre. On l'avait entaillé de partout, de plus
de cent entailles qui avaient dû être faites avec un couteau
tranchant comme un rasoir. La plupart de ces entailles
n'étaient pas franches, mais en zigzag, serpentines, en
courbes, en arcs de cercle, sur toute la peau, très profondes.
On les voyait faites avec plaisir.

Ça, alors, c'était incompréhensible ! Tellement incompréhensible, tellement écœurant (Ravanel frottait la bête avec de
la neige et, sur la peau un instant nettoyée, on voyait le suin-
tement du sang réapparaître et dessiner comme les lettres
d'un langage barbare, inconnu), tellement menaçant et si
directement menaçant que Bergues, d'ordinaire si calme et si
philosophe, dit : « Sacré salaud, il faut que je l'attrape. » Et il
alla chercher ses raquettes et son fusil.

Mais, entre ce qu'il faut et ce qui arrive !... Bergues rentra
bredouille à la tombée de la nuit. Il avait suivi les traces et,
d'ailleurs, des traces de sang. L'homme était blessé. C'était
du sang en gouttes, très frais, pur, sur la neige. Blessé sans
doute à un bras car les pas étaient normaux, très rapides, à
peine posés. D'ailleurs, Bergues n'avait pas perdu de temps ;
il était parti sur les traces avec à peine une demi-heure de
retard ; c'est un spécialiste des randonnées d'hiver ; il a le
meilleur pas de tout le village ; il avait des raquettes, il avait
sa colère, il avait tout mais il ne put jamais apercevoir autre
chose que cette piste bien tracée, ces belles taches de sang
frais sur la neige vierge. La piste menait en plein Bois noir et
là elle abordait franchement le flanc du Jocond, à pic
presque, et se perdait dans les nuages. Oui, dans les nuages.
Il n'y a là ni mystère ni truc pour vous faire entendre à mots
couverts que nous avons affaire à un dieu, un demi-dieu ou
un quart de dieu. Bergues n'est pas fait pour chercher midi à
quatorze heures. S'il dit que les traces se perdaient dans les
nuages c'est que, à la lettre, elles se perdaient dans les
nuages, c'est-à-dire dans ces nuages qui couvraient la montagne. N'oubliez pas que le temps ne s'était pas relevé et

que, pendant que je vous raconte les choses, le nuage est toujours en train de couper net la flèche du clocher à la hauteur des lettres de la girouette.

Mais alors, brusquement : il ne s'agit plus de se dire Marie Chazottes ci, Marie Chazottes ça ! c'était non seulement Marie Chazottes mais c'était aussi Ravanel Georges (il l'avait échappé de peu), c'était donc tout aussi bien vous ou moi, n'importe qui, tout le monde était menacé ! Tout le village ; sur qui commença à tomber un soir de dimanche bougrement sombre. Ceux qui n'avaient pas de fusil (il y a des familles de veuves) passèrent une sacrée mauvaise nuit. D'ailleurs, ces familles-là où il n'y avait plus d'homme et des enfants trop jeunes allèrent passer la nuit dans des maisons où il y avait des hommes solides et des armes. Surtout dans le quartier des Pelousères.

Bergues monta la garde et passa sa nuit à aller d'une maison à l'autre. On l'avait tellement réchauffé au vin chaud et au petit verre, au retour de sa poursuite, qu'il avait pris une cuite magnifique. Il fit son commandement sans arrêt, allant frapper à toutes les portes, flanquant la frousse à des chambrées de femmes et d'enfants et même à des hommes qui, depuis la tombée de la nuit, ne respiraient plus et écoutaient pousser leurs cheveux. Il manqua vingt fois de recevoir une bonne décharge de chevrotines à travers la figure. Enfin, plein comme un œuf, il vint finir la nuit chez Ravanel qui, ayant achevé le cochon, passait son temps à le mettre en saucisses et en boudins, histoire de se changer les idées ; et surtout de ne rien perdre.

Il faut excuser Bergues qui est célibataire, un peu sauvage et qui ne sait pas se retenir, ni pour boire, ni pour rien ; mais, chez Ravanel, un peu excité, fatigué, ou bien l'alcool, il se mit à dire des choses bizarres ; et par exemple, que « le sang, le sang sur la neige, très propre, rouge et blanc, c'était très beau ». (Je pense à Perceval hypnotisé, endormi ; opium ?

Quoi? Tabac? aspirine du siècle de l'aviateur-bourgeois hypnotisé par le sang des oies sauvages sur la neige.)

Ce petit *démarrage* de Bergues qui, d'ailleurs, par la suite et immédiatement redevint le Bergues placide, philosophe à la pipe et même un peu fainéant qu'il était d'habitude, ne fut pas remarqué sur-le-champ; il fut seulement enregistré instinctivement par ceux qui étaient là, et qui, finalement, s'en souvinrent. En tout cas, il y avait une chose que le village ne pouvait plus ignorer et qui prit toute son importance le lendemain; pendant que la neige continuait à tomber (c'était un hiver terrible), c'était la menace égale pour tout le monde.

Il ne s'agissait plus de dire : Marie Chazottes ci, ou ça, comme je l'ai dit; il y avait Ravanel Georges, il y avait le foulard sur le visage, les traces de pas qui montaient le long du Jocond jusque dans les nuages; il y avait cet... eh oui! cet homme qui rôdait, ce fameux dimanche-là, vers les dix heures du matin, en quête de (en quête de quoi, en réalité?) et qui, en définitive, avait passé son temps d'une façon très malpropre sur le cochon de Ravanel, avant d'essayer d'escamoter le Georges.

Car on ne douta pas une minute! Marie Chazottes avait été escamotée avec le foulard. Étrangler Georges pouvait présenter quelques difficultés, on l'a vu (quoique à moins cinq) mais la Marie : deux sous de poivre, légère, et qu'une valse faisait tourner dans un rond d'assiette, poussière! Ça avait dû être fait en un tour de main.

Soûlographie passée, Bergues était rentré chez lui. Veuves ou pas veuves, il fallait également rentrer chez soi. Le premier soir, ça va bien, mais on ne peut pas se mettre à aller camper chez les gens à demeure. Si on a peur on mettra une pierre à la poche. Et on avait peur.

De temps en temps la neige s'arrête de tomber. Le nuage se soulève. Au lieu de couper la flèche du clocher au ras de la girouette, il ne coupe plus que la pointe, ou même il découvre la pointe, se déchirant en petits flocons sur son pointu. C'est suffisant. On voit le désert extraordinairement blanc jusqu'aux lisières extraordinairement noires des bois, sous lesquels il peut y avoir n'importe quoi, qui peut faire n'importe quoi. Le soir tombe. Se lève un tout petit vent qu'on n'entend pas. Ce qu'on entend, c'est comme une main qui frôle le contrevent, ou la porte, ou le mur ; un gémissement ou un sifflotis qui se plaint, ou au contraire. Un coup dans le grenier.

On écoute. Père ne tire plus sur sa pipe. Mère tient en suspens la poignée de sel sur la soupe. Ils se regardent. Nous regardent. Père soupire et son soupir emporte un mince petit fil de fumée. Ce qu'il faudrait, c'est que le bruit recommence. On est aux aguets, justement pour le juger tout de suite, dangereux ou pas. Mais, silence maintenant. On ne sait pas. L'indécision. Tout est possible. On ne peut pas juger. Le fil de fumée que père soupire s'allonge, s'allonge indéfiniment. Mère laisse tomber grain à grain son gros sel dans la soupe avec des : floc, floc, floc...

Le fusil était sur la table. Mère approche sa main de la marmite et glisse toute la poignée de sel dans la soupe... Il est cinq heures du soir. Encore dix-sept heures à attendre avant que le petit jour gris réapparaisse. Passe dehors un geste souple... D'habitude on sait que ce sont les longues branches du saule qui se délivrent de leur poids de neige. Serait-ce ?... Est-ce que c'est ?... Oui ? non ? Non. Volettement doux de la neige qui a recommencé à tomber, frémissements dans le chaume, craquements comme des pas étouffés dans la paille.

Bijou tape du pied dans l'étable, ah ! il faut aller donner aux bêtes. Laisser la femme seule ici. Aller seul en bas dessous. Si le petit avait vingt ans... et même, est-ce que ça y fait ? Georges a vingt ans. Il faudrait avoir trois ou quatre enfants gaillards. Il dit : « Venez, on va donner au cheval. » C'est juste dessous. On y va par un escalier intérieur.

C'est l'heure où tous les chevaux tapent du pied dans toutes les écuries. Ici, c'est mère qui allume la lanterne. À côté, c'est une autre femme ; plus loin, ça en est une autre. Dans toutes les maisons on est en train de se tourner lentement pour aller donner aux bêtes. Cela fait une sorte de remue-ménage qui grommelle à travers les murs avec des mots soudain très rassurants de pieds frottés, d'anneaux de lanternes qui tintent.

Ici, comme à côté, comme tout le long de la rue, comme tout le long de toutes les petites rues du village, comme dans toutes ces maisons isolées du quartier des Pelousères, les écuries énormes sont voûtées, se touchent toutes, s'arc-boutent les unes contre les autres, non seulement par les piliers, les murs maîtres, les clefs qui s'enchevêtrent de voûte à voûte sans se soucier de propriétaires, de Jacques, Pierre, Paul, mais, dans tout le village il y a un entremêlement souterrain de bruits, de bridons, de bat-flanc, de bêlements, de fers, de fourches, de seaux d'eau, de suintements, d'auges, de mots, de noms de bêtes : Bijou, Cavale, et Rousse, et Grise : tout ça avec le bon son que donne aux choses humaines l'englobement des voûtes de cavernes. Ces cavernes qui ont été la première armure et dont on retrouve ce soir la magnifique protection. Oui, il faudrait beaucoup d'enfants, et des mâles, et de grands mâles, et il faudrait habiter ces étables voûtées, ces cavernes où l'on se sent parfaitement à l'abri ; non pas ces murs droits, ces angles comme là-haut qui font carton, qui font pas solide, qui font pas sérieux, qui font 1843, moderne ; pendant que, dehors, dans des temps qui ne sont pas modernes mais éternels, rôdent les menaces éternelles. Ce qui est bon, c'est la voûte, c'est la chaleur des bêtes, c'est l'odeur des bêtes, c'est le bruit de la mâchoire qui mâche le foin : c'est voir ces grands beaux ventres de bêtes paisibles. C'est ici, vraiment, que ça fait famille et humanité ; et père a laissé son fusil contre le bat-flanc, et mère caresse les cheveux de petite sœur.

(Et tant pis pour ceux qui ne comprennent pas et disent :
« Ce sont des rustres, des culs-terreux. » La vie se chargera
de le leur faire comprendre un jour ou l'autre. Elle ne
manque pas d'assassins à foulards ; de découpeurs d'hiéro-
glyphes de sang ; d'hivers 1843 ; de saisons, de mois, de
jours, d'heures, de minutes, de secondes, et même de cen-
tièmes de seconde *à étiquette* qui leur feront soudain non
seulement le cul mais l'esprit *terreux*. À l'heure où l'on
comprend, sans avoir besoin de dessin, qu'on n'a jamais rien
inventé et qu'on n'inventera jamais rien de plus génial que la
voûte. Pendant qu'autour de la nudité et de la solitude le
rôdeur rôde.)

Mais il fallait remonter. Le colporteur a beau ne passer
qu'une fois par an, il laisse quand même assez de *Veillée des
chaumières* à deux liards, pour qu'on connaisse jusqu'ici
Garibaldi, le maréchal Prim et les exigences de la liberté.
Déjà, on ne peut plus ignorer son siècle nulle part. Il faut
préférer la peur à la voûte.

On plaçait de nouveau le fusil à portée de la main, sur la
table, à côté de l'assiette de soupe. Les volets sont fermés, la
porte est barricadée. On ne voit pas la nuit. On sait seulement que la neige s'est remise à tomber. On fait le moins de
bruit possible en respirant, pour être certain de ne perdre
aucun des bruits que fait le reste du monde, pouvoir bien les
interpréter, savoir d'où ils viennent : si c'est de la branche de
saule qui craque maintenant sous un nouveau poids de gel ; si
c'est ce papier collé sur une vitre cassée qui bourdonne ou
qui tamboure ; si c'est la clenche qui grelotte, un étai qui
geint, des rats qui courent.

Encore quinze heures à attendre.

Naturellement, attendre... attendre... le printemps vient. Il
en est de ça comme de tout. Le printemps arriva. Vous savez
comment il est : saison grise, pâtures en poils de renard,
neige en coquille d'œuf sur les sapinières, des coups de
soleil fous couleur d'huile, des vents en tôle de fer-blanc,
des eaux, des boues, des ruissellements, et tous les chemins

luisants comme des baves de limace. Les jours s'allongent et même un soir (il fait déjà jour jusqu'à six heures) il suffit d'un peu de bise du nord pour qu'on entende, comme un grésillement, la sortie des écoles de Saint-Maurice : tous ces enfants qu'on lâche dans de la lumière dorée et de l'air qui pétille comme de l'eau de Seltz.

Depuis longtemps on avait revu la pointe du clocher au-dessus de la girouette ; on avait revu les prés de Bernard, les clairières, la Plainie, le Jocond. On avait revu que les pistes qui montent sur le Jocond ont beau monter raide, elles ne vont pas dans les nuages : il y a le ciel. Un beau ciel couleur de gentiane, de jour en jour plus propre, de jour en jour plus lisse, englobant de plus en plus des villages, des pentes de montagnes, des enchevêtrements de crêtes et de cimes. Peut-être même trop...

Marie Chazottes ! Évidemment on y pensait ; mais il y a tout. On y pensait parce qu'on ne l'avait pas trouvée. La vérité est que, si on l'avait trouvée, on l'aurait enterrée au cimetière, c'est-à-dire qu'on y aurait pensé tout un jour, un bon coup, comme il se doit, et après, vogue la galère, comme il se doit. Mais Bergues avait eu beau vadrouiller, et inspecter, et même renifler dès qu'il commença à faire un peu chaud : rien. Les vallons, perdus ou pas perdus, sentaient la flouve, le foin et le caille-lait.

Il fallait en faire son deuil. Deuil pour la mère Chazottes en tout cas qui ne savait plus quelle contenance prendre. Où aller porter des fleurs ? Quoi faire ? Quoi faire à quoi ? Où était-elle ? Admettez qu'elle soit en voyage, chez ses cousines, ailleurs, ou en condition à Grenoble, ce serait pareil ! C'est ce qu'elle avait l'air de dire avec son visage ébahi et ses bras ballants devant ce printemps qui ne rendait rien cette fois (comme il est d'usage pour ceux qui se perdent pendant l'hiver). Blague à part, rongée d'un gros chagrin sans précédent ; à quoi on ne pouvait apporter aucune consolation.

Ici, il faut parler d'un Frédéric. Le grand-père. Appe-lons-le Frédéric II, puisque la scierie a commencé à fonction-ner avec Frédéric I et a continué à fonctionner sous Frédé-ric II, Frédéric III jusqu'à celui de maintenant, Frédéric IV. Parlons du deux.

Il profita du printemps pour nettoyer ses biefs qui sen-taient mauvais. Il monta, cent mètres au-dessus de la roue, détourna le canal dans le torrent et, avec ses deux Piémon-tais, il se mit à faucarder soigneusement les herbes et à pelle-ter de gros gâteaux de cette boue noire qui puait comme cent mille diables. Mais il n'était pas délicat sur l'odeur.

— Tu nous emboucanes, lui dit Bergues.

— Eh! dit Frédéric II, qu'est-ce que tu veux, il faut bien le faire. » Et, chose extraordinaire, c'est Frédéric II et Bergues qui dirent (est-ce l'un, est-ce l'autre qui l'a dit le premier? L'ont-ils dit tous les deux ensemble?) « C'est pas autre chose que de la fumure. Tu devrais, ou je devrais en mettre au pied du hêtre. Ça lui ferait du bien. »

Ils ont pensé au hêtre tout naturellement parce qu'il était (il est toujours) près du canal. Et surtout parce que c'était déjà le plus beau hêtre qu'on ait jamais vu.

Dans le printemps c'est un dieu! Avec son épais pelage de bourgeons qui le couvrent comme de la dépouille d'un de ces énormes taureaux d'or du temps d'avant les voûtes.

Et ils entassèrent de cette boue puante contre le pied du hêtre; tous les quatre : les deux Piémontais, Frédéric II et mon Bergues à qui on prêta une pelle. Va pour les deux Pié-montais dont on ne parlera plus jamais; pour Frédéric II et mon Bergues, c'est à noter. Et qu'ils l'aient fait, juste ce printemps de 1844, aux premières chaleurs, quand tous les vallons sentaient la flouve; après cet hiver de 43 pendant lequel Marie Chazottes disparut. La première.

Au cours de l'été, il y eut de nombreux orages et notam-ment un si brusque et si violent qu'un afflux extraordinaire d'eau, ayant envahi le canal si bien nettoyé, faillit emporter la roue à aubes de la scierie. Si bien qu'un jour où le tonnerre avait recommencé à péter sec, dès que les gouttes se mirent à claquer par-ci par-là comme des écus, Frédéric II courut en amont vers la martelière à vis pour détourner l'eau dans le canal de perte. Le temps de faire son affaire et il revenait en courant dans des rafales déjà très épaisses, des taillis d'éclairs et des ombres à couper au couteau, quand il aperçut un homme qui s'abritait sous le hêtre. Il lui cria de s'amener mais l'homme parut ne pas entendre. C'est enfantin, on ne s'abrite pas sous un arbre en temps d'orage, encore moins sous un arbre de l'envergure et de l'envolée de ce hêtre divin, et surtout par un de ces orages d'ici qui sont d'une violence terrifiante. De dessous son hangar, Frédéric II voyait pourtant cet homme *dénaturé* adossé contre le tronc du hêtre dans une attitude fort paisible, même abandonnée ; dans une sorte de contentement manifeste : comme s'il chauffait ses guêtres à quelque cheminée de cuisine. Il se dit : « C'est un pauvre couillon de qui sait d'où ? » Il pensait à ces commis voyageurs qui viennent ici l'été pour réassortir les outils agricoles et faire de la réclame pour les machines. Finalement, l'orage ne faisant que croître et embellir, l'eau s'écroulant à murs et quelques coups ayant pété pas trop loin, il se dit : « C'est bête de laisser ce type-là là-bas dessous, est-ce qu'il ne voit pas qu'il y a de l'abri ici ?

Il se mit un sac en capuchon sur la tête, il courut à l'arbre, prit l'homme par le bras et il lui dit : « Venez donc, sacrée sorte d'emphysème. » Il le tira et il était temps. Les oreilles leur en sonnèrent. Tellement qu'ils ne restèrent pas sous le hangar mais entrèrent dans le cagibi de l'engrenage.

— Eh bé ! vous voyez ! dit Frédéric II.

— En effet, dit l'homme.

— Hé ! D'où êtes-vous donc ? dit Frédéric II.

— De Chichiliane, dit l'homme.

Sur le coup, vous savez, Chichiliane ou Marseille, ou le pape c'est pareil. Et après, Chichiliane c'est non plus pas grand-chose, car, à Chichiliane les gens sont peut-être plus bêtes qu'ici; ce qui est généralement le cas. Frédéric II se contenta de cette explication pour comprendre pourquoi cet homme restait sous le hêtre volontairement. Car l'homme avait bel et bien entendu le premier appel; il le dit très franchement. D'ailleurs, il avait bien vu qu'à dix mètres derrière lui il y avait le hangar de la scierie : il n'était pas aveugle. Mais, vous savez, il y a des gens timides; et même pas : des gens bêtes. Frédéric II pensait qu'il était bête.

Vous n'avez pas eu l'occasion de voir un portrait de Frédéric II? Il y en a un chez Frédéric IV. On voit tout de suite que c'est un homme qui croit à la bêtise des autres.

Il n'interrogea pas l'homme de Chichiliane; il se demandait seulement si sa martelière tiendrait le coup. Il ne le regarda pas non plus. Ils restèrent cependant plus d'une heure accroupis l'un près de l'autre dans le petit cagibi aux engrenages, si près qu'ils se touchaient de l'épaule et du bras.

On eut ensuite de très belles journées. Je dis « on », naturellement je n'y étais pas puisque tout ça se passait en 1843, mais j'ai tellement dû interroger et m'y mettre pour avoir un peu du fin mot que j'ai fini par faire partie de la chose; et d'ailleurs j'imagine qu'il y eut un de ces automnes opulents que nous connaissons, vous et moi.

Je suppose que vous savez où l'automne commence? Il commence exactement à deux cent trente-cinq pas de l'arbre marqué M 312, j'ai compté les pas.

Vous êtes allé au col La Croix? Vous voyez la piste qui va au lac du Lauzon? À l'endroit où elle traverse les prés à chamois en pente très raide; vous passez deux crevasses d'éboulis assez moches; vous arrivez juste sous l'aplomb de la face ouest du Ferrand. Paysage minéral, parfaitement tellurique : gneiss, porphyre, grès, serpentine, schistes pourris. Horizons entièrement fermés de roches acérées, aiguilles de Lus, canines, molaires, incisives, dents de chiens, de lions, de tigres et de poissons carnassiers. De là, à votre gauche, piste pour les cheminées d'accès du Ferrand : alpinisme, panorama. À votre droite, traces imperceptibles dans des pulvérisations de rochasses couvertes de diatomées. Suivre ces traces qui contournent un épaulement et, dans un creux comme un bol de faïence, trouver le plus haut quadrillage forestier; peut-être deux cents arbres avec, à l'orée nord, un frêne marqué au minium M 312. Là-bas devant, et à deux cent trente-cinq pas, planté directement dans la pente de la faïence, un autre frêne. C'est là que l'automne commence.

C'est instantané. Est-ce qu'il y a eu une sorte de mot d'ordre donné, hier soir, pendant que vous tourniez le dos au ciel pour faire votre soupe? Ce matin, comme vous ouvrez l'œil, vous voyez mon frêne qui s'est planté une aigrette de plumes de perroquet jaune d'or sur le crâne. Le temps de vous occuper du café et de ramasser tout ce qui traîne quand on couche dehors et il ne s'agit déjà plus d'aigrette, mais de tout un casque fait des plumes les plus rares : des roses, des grises, des rouille. Puis, ce sont des buffleteries, des fourragères, des épaulettes, des devantiers, des cuirasses qu'il se pend et qu'il se plaque partout; et tout ça est fait de ce que le monde a de plus rutilant et de plus vermeil. Enfin, le voilà dans ses armures et fanfreluches complètes de prêtre-guerrier qui frotaille de petites crécelles de bois sec.

M 312 n'est pas en reste. Lui, ce sont des aumusses qu'il se met; des soutanes de miel, des jupons d'évêques, des étoles couvertes de blasons et de rois de cartes. Les mélèzes se couvrent de capuchons et de limousines en peaux de marmotte, les érables se guêtrent de houseaux rouges, enfilent des pantalons de zouaves, s'enveloppent de capes de bourreaux, se coiffent du béret des Borgia. Le temps de les voir faire et déjà les prairies à chamois bleuissent de colchiques. Quand, en retournant, vous arrivez au-dessus du col La Croix, c'est d'abord pour vous trouver en face du premier coucher de soleil de la saison : du bariolage barbare des murs; puis, vous voyez en bas cette conque d'herbe qui n'était que de foin lorsque vous êtes passé, il y a deux ou trois jours, devenue maintenant cratère de bronze autour duquel montent la garde les Indiens, les Aztèques, les pétrisseurs de sang, les batteurs d'or, les mineurs d'ocre, les papes, les cardinaux, les évêques, les chevaliers de la forêt; entremêlant les tiares, les bonnets, les casques, les jupes, les chairs peintes, les pans brodés, les feuillages d'automne des frênes, des hêtres, des érables, des amélanchiers, des ormes, des rouvres, des bouleaux, des trembles, des sycomores, des mélèzes et des sapins dont le vert-noir exalte toutes les autres couleurs.

Chaque soir, désormais, les murailles du ciel seront peintes avec ces enduits qui facilitent l'acceptation de la cruauté et délivrent les sacrificateurs de tout remords. L'ouest, badigeonné de pourpre, saigne sur des rochers qui sont incontestablement bien plus beaux sanglants que ce qu'ils étaient d'ordinaire rose satiné ou du bel azur commun dont les peignaient les soirs d'été, à l'heure où Vénus était douce comme un grain d'orge. Un blême vert, un violet, des taches de soufre et parfois même une poignée de plâtre là où la lumière est le plus intense, cependant que sur les trois autres murailles s'entassent les blocs compacts d'une nuit, non plus lisse et luisante, mais louche et agglomérée en d'inquiétantes constructions : tels sont les sujets de méditation proposés par les fresques du monastère des montagnes. Les arbres font bruire inlassablement dans l'ombre de petites crécelles de bois sec.

Le hêtre de la scierie n'avait pas encore, certes, l'ampleur que nous lui voyons. Mais sa jeunesse (enfin, tout au moins par rapport avec maintenant) ou plus exactement son adolescence était d'une carrure et d'une étoffe qui le mettaient à cent coudées au-dessus de tous les autres arbres, même de tous les autres arbres réunis. Son feuillage était d'un dru, d'une épaisseur, d'une densité de pierre, et sa charpente (dont on ne pouvait rien voir, tant elle était couverte et recouverte de rameaux plus opaques les uns que les autres) devait être d'une force et d'une beauté rares pour porter avec tant d'élégance tant de poids accumulé. Il était surtout (à cette époque) pétri d'oiseaux et de mouches ; il contenait autant d'oiseaux et de mouches que de feuilles. Il était constamment charrué et bouleversé de corneilles, de corbeaux et d'essaims ; il éclaboussait à chaque instant des vols de rossignols et de mésanges ; il fumait de bergeronnettes et d'abeilles ; il soufflait des faucons et des taons ; il jonglait avec des balles multicolores de pinsons, de roitelets, de rouges-gorges, de pluviers et de guêpes. C'était autour de lui une ronde sans fin d'oiseaux, de papillons et de mouches dans lesquels le soleil avait l'air de se décomposer en arcs-en-ciel comme à travers des jaillissements d'embruns. Et, à l'automne, avec ses longs poils cramoisis, ses mille bras entrelacés de serpents verts, ses cent mille mains de feuillages d'or jouant avec des pompons de plumes, des lanières d'oiseaux, des poussières de cristal, il n'était vraiment pas un arbre. Les forêts, assises sur les gradins des montagnes, finissaient par le regarder en silence. Il crépitait comme un brasier ; il dansait comme seuls savent danser les êtres surnaturels, en multipliant son corps autour de son immobilité ; il ondulait autour de lui-même dans un entortillement d'écharpes, si frémissant, si mordoré, si inlassablement répétri par l'ivresse de son corps qu'on ne pouvait plus savoir s'il était enraciné par l'encramponnement de prodigieuses racines ou par la vitesse miraculeuse de la pointe de toupie sur laquelle reposent les dieux. Les forêts, assises sur les gradins de l'amphithéâtre des montagnes, dans leur grande toilette sacerdotale, n'osaient plus bouger. Cette virtuosité de beauté hypnotisait comme l'œil des serpents ou le sang des oies sauvages sur la neige. Et, tout le long des routes qui montaient ou descendaient vers elle, s'alignait la procession des érables ensanglantés comme des bouchers.

Ce qui n'empêcha pas l'hiver 1844 d'arriver ; au contraire. Et Bergues disparut. On ne s'en aperçut pas tout de suite. Il était célibataire et personne ne put dire à quel moment exactement il avait manqué au monde. Il braconnait ; il chassait les choses les plus invraisemblables ; il aimait la nature ; il restait parfois absent une semaine. Mais, en hiver 44 on s'inquiéta au bout de quatre ou cinq jours.

Chez lui, tout était placé de façon à faire craindre le pire. Sa porte d'abord n'était pas fermée ; ses raquettes et son fusil étaient là ; sa veste, doublée de peau de mouton, était pendue à son clou. Plus triste encore : son assiette, contenant les restes figés d'un civet de lapin (où l'on voyait les traces qu'avait faites un morceau de pain en ramassant la sauce) était sur la table, à côté d'un verre à moitié plein de vin. Il devait être en train de manger ; quelque chose, quelqu'un avait dû l'appeler dehors ; il était sorti tout de suite, sans peut-être finir d'avaler sa bouchée. Son chapeau était sur le lit.

Cette fois, ce fut une terreur de troupeau de moutons. En plein jour (bas, sombre, bleu, neige, nuage coupant la flèche du clocher) on entendit les femmes pleurer, les enfants crier, les portes battre, et il fallut la croix et la bannière pour se mettre à décider quelque chose. Tout le monde parlait des gendarmes ; personne ne voulait aller les chercher. Il fallait faire trois lieues dans la solitude, sous le ciel noir, et, du moment qu'il s'agissait de Bergues : un homme fait, costaud, courageux, le plus malin de tous, personne ne se sentait assez costaud, assez courageux et assez malin désormais. Enfin, ils finirent par accepter d'y aller quatre, tous ensemble.

On s'était même écarté de la maison de Bergues comme d'une maison de pestiféré. Elle bâillait à même la neige de la rue, de sa porte grande ouverte que personne n'avait eu le courage de refermer, et le ciel, au-dessus de toutes les têtes, paraissait plus noir que l'intérieur de cette maison.

Au moment du départ des quatre émissaires pour la gendarmerie royale de Clelles, toute la population du village vint piétiner silencieusement autour d'eux qui, fort graves et assez blêmes sous les barbes, mettaient l'arme à la bretelle et assuraient sur leurs vestes fourrées des ceintures pleines de cartouches à sanglier, un arsenal de couteaux tranchants, lames nues, et même une petite hache. Ils chaussèrent finalement leurs raquettes ; on les vit monter très lentement le coteau derrière lequel passe la grand-route puis disparaître. Il ne restait plus qu'à se barricader.

On imagine facilement les récits que ces quatre hommes firent à la gendarmerie de Clelles après une marche de plusieurs lieues en pleine solitude au déclin du jour. Malgré le temps bouché et l'état des routes qui permettaient mal les voyages rapides, il dut y avoir tout de suite un échange assez vif d'estafettes entre les casernes de Mens et de Monetier car, dès onze heures de la nuit, arriva au village, en plus des quatre émissaires qui la guidaient, une petite compagnie de six gendarmes à cheval, avec armes et bagages et un capitaine nommé Langlois.

C'étaient tous de vieux soldats et ils se mirent tout de suite à grognarder avec tant d'aisance qu'on se sentit entièrement rassuré. Ils mirent leurs bidets en réquisition dans les écuries et ils firent un bivouac pour la garde en pleine place du village, avec une guérite en planches, sentinelles, patrouilles, mots de passe, et tout. Langlois sortit de son havresac une très longue pipe en terre et, installé derrière les vitres du Café de la route, il dirigea les opérations.

Malgré cette longue pipe en terre, des pantoufles fourrées et une casquette en poil de bichard dans laquelle il abritait ses oreilles, Langlois était un sacré lascar. Il éclaira un peu les choses ; d'un jour sinistre, mais d'un jour.

La table sur laquelle Bergues avait pris son dernier repas était placée devant une fenêtre. Cette fenêtre donnait non pas sur la rue mais sur des prés. Langlois s'assit à la place où Bergues s'était assis pour manger le civet. Langlois fit les gestes de Bergues mangeant son civet et trempant dans la sauce ce morceau de pain qui avait laissé des traces dans le gras figé. Ce faisant, Langlois fut amené à regarder à travers la fenêtre et il demanda : « Ça donne vers quoi ce côté-là ? » (Il fallait bien le demander car, ce côté-là, comme les autres en cette saison, *ça donnait* sur de la neige et du coton gris, bleuâtre et noir), ça donnait sur la route d'Avers. Langlois envoya chercher ses bottes. En attendant qu'on les lui apporte il expliqua qu'à son avis Bergues était là en train de manger quand il avait dû voir quelque chose d'extraordinaire qui l'avait attiré dehors tout de suite.

Une fois chaussé, Langlois et un de ses hommes partirent dans la direction qu'avait dû suivre Bergues. Ils n'allèrent pas loin. Ils allèrent jusqu'à l'endroit où la brume et le nuage commençaient à les effacer. Là, ils firent des gestes pour qu'on aille les rejoindre. Pendant qu'on allait vers eux, ils avancèrent encore d'une vingtaine de pas, c'est-à-dire que, par rapport au village, ils entrèrent carrément dans le nuage ; du village, on ne les voyait certainement plus. Ceux qui allaient les rejoindre les voyaient encore parce qu'ils s'approchaient d'eux. Ils étaient penchés sur quelque chose. Ce n'était pas Bergues. C'était un grand piétinement de pattes de corbeaux. En fouillant la neige, à vingt centimètres (qui était à peu près l'épaisseur de neige tombée depuis six jours — en tenant compte du tassement produit par le gel nocturne et le balayage du vent) on trouva une grande plaque de neige agglomérée avec du sang.

Voilà donc l'endroit où Bergues avait fini. Derrière le rideau de nuages. Et à partir de là ? Rien. La neige, vierge tout autour, à part les traces de Langlois, du gendarme et de ceux qui les avaient rejoints.

On fit des patrouilles pour rechercher le corps. Non plus au hasard comme pour Marie Chazottes mais méthodiquement, par escouades de quatre : chaque escouade commandée par un gendarme et dans des secteurs précis, marqués au crayon par Langlois sur une carte du canton. On ne trouva rien. Il y avait évidemment quatre-vingt-dix-neuf chances sur cent pour que la neige... et le dégel rendent le corps. Mais, le dégel n'avait pas rendu le corps de Marie Chazottes. Au bout de quinze jours, Langlois rentra au Café de la route, reprit la longue pipe en terre, les pantoufles et la casquette en peau de bichard.

« Ce qu'il me faudrait savoir, dit-il, c'est pourquoi on les tue et pourquoi on les emporte ? Ce n'est pas pour voler ? Ce n'est pas des assassinats de femmes puisque Bergues et, d'ailleurs, Ravanel Georges... Si on était chez les Zoulous, je dirais que c'est pour les manger... À part ça, moi, je ne vois rien. »

On donna de nouveau des mots de passe très stricts à tout le monde. On ferma l'école. On recommanda de ne sortir du village sous aucun prétexte, même en plein jour (d'ailleurs toujours bas, sombre, bleu, neige et nuage), les sorties absolument obligatoires seraient faites en commun et sous la garde de deux gendarmes. Et, dans le village même, il était recommandé de ne pas sortir seul, d'être au moins deux, les hommes, et au moins trois, les femmes. Deux gendarmes étaient en permanence sur la place du village ; les quatre autres, deux par deux, faisaient des rondes autour de l'agglomération. Deux fois par jour Langlois remettait ses bottes et faisait une inspection soignée, fouinant dans toutes les cours, les basses-cours, les recoins, les culs-de-sac. À trois heures de l'après-midi, dernière corvée générale pour tout ce qu'il y avait à faire : bois, fourrage pour ceux qui avaient des greniers séparés des habitations, et à quatre heures, couvre-feu. Les patrouilles de dehors rentraient. La compagnie au complet faisait le tour de toutes les maisons, les unes après les autres et une sentinelle restait à la guérite sur la place.

Deux fois dans la nuit, patrouilles dans le village. Langlois avait fait pendre, à la porte de chaque maison, une vieille bassine et une trique. À la moindre des choses, ordre était donné de tambouriner à coups de trique sur la bassine; de toutes les forces.

— J'aime mieux, avait dit Langlois, me déranger vingt fois pour rien plutôt que de rater la fois qui compte. Alors, allez-y, n'hésitez pas; si vous avez peur, tabassez. (Il était très bien Langlois : des moustaches fines, un beau plastron, de la jambe, il savait parler, et pas fainéant.)

D'après ce que je vous ai dit, les gens vous font peut-être un peu l'effet de froussards? Naturellement : nous n'y sommes pas; c'est eux qui y sont. Et pourtant, ils ne tambourinèrent pas à tout bout de champ sur les bassines; ils ne tambourinèrent qu'une fois : l'après-midi où Callas Delphin fut rayé de la surface du globe.

— Je n'y peux rien, dit Langlois après huit jours de jurons et de courses à travers des bois perdus dans les nuages. Je n'y peux rien, je ne suis pas Dieu et vous êtes quand même de sacrés imbéciles. Je vous ai dit et répété : « Ne sortez pas seuls, même en plein jour. » Votre Delphin, sa femme prétend qu'il a voulu sortir seul pour se *poser sur le fumier.* Je comprends ça. Mais c'est facile, dans ces cas-là, de ne pas s'endormir : hop! et ça y est, vous m'avez compris? Il ne s'agit pas d'en faire un tableau de maître. Quand elle s'est décidée à tabasser sur sa casserole, il y avait plus d'une heure que votre Delphin était parti. Je lui ai dit : « Mais, crâne de piaf, au bout de cinq minutes il fallait tabasser. » Elle me dit : « Le Delphin, y mettait plus de cinq minutes : il avait l'habitude d'y fumer sa pipe! » Sacré chameau! Enfin, en voilà encore un! Et celui-là, il nous l'a pris dans la main. J'ai l'air fin, moi!

Callas, Delphin-Jules! Celui-là, on sait comment il était. Il s'était fait tirer le portrait avec Anselmie, sa femme, se tenant tous les deux par le petit doigt, à peine deux ans avant.

Le portrait est ici, chez Honorius, je l'ai vu. Allez-y, vous le
verrez. Les Honorius sont de Corps, mais la belle-sœur
d'Honorius, enfin, je ne sais pas, des trucs de cousins ger-
mains, de, j'avoue que je ne sais pas très bien. D'habitude,
ces choses-là, on doit les savoir ; là c'est vague, je ne sais pas
très bien. Ce qu'il y a de certain, c'est que la belle-sœur, la
cousine, a hérité d'un Callas d'ici. Non. Je sais, attendez,
voilà, ça m'a mis sur la voie. Ce n'est pas la belle-sœur ni la
cousine, c'est la tante d'Honorius, la sœur de sa mère, qui a
hérité d'un Callas, qui était son beau-frère, le frère de son
mari et le petit-fils du frère de Callas Delphin-Jules. Là, on y
est. Je savais que je me souviendrais. J'ai suivi les filiations
de tous ceux qui ont participé à la chose. Pour voir de quelle
façon ils figurent maintenant dans les temps présents (mais
nous en parlerons plus tard). À la mort de la tante, il y a eu
un arrangement et les Honorius de Corps ont eu en jouis-
sance la maison d'ici et en propriété les meubles qu'elle
contenait. La maison, c'est là où ils ont ouvert l'épicerie-
mercerie, et les meubles, c'est là où j'ai trouvé la photo de
Callas Delphin-Jules et d'Anselmie.

Anselmie : on comprend Langlois. Elle devait se tenir
devant lui comme elle se tient sur le portrait (sûrement habil-
lée du dimanche dans cette occasion-là, puisqu'elle était
veuve) : corps incompréhensible dans des jupons, corsages,
tournures, ceintures, qui le gigotent, le fagotent et l'entour-
loupent de tous les côtés à contresens ; tête de chèvre, des
yeux de mammifère antédiluvien, une bouche en trait de scie
et deux trous de narines tournés vers la pluie. Plus têtue
qu'une mule ! Têtue comme une statue de mule. À côté
d'elle, Delphin-Jules dont la dernière joie, depuis qu'il avait
eu l'imprudence d'agripper le petit doigt d'Anselmie, la dernière joie et pour laquelle il avait risqué la mort, était d'aller
fumer sa pipe, *posé sur le fumier*.

Mais, autant que peut le laisser encore entrevoir le vieux
daguerréotype jaune et pâle, il y a, dans les traits de Delphin-

Jules, une petite indication qu'il ne faut pas négliger. Il a le visage rond et poupin, agrémenté de deux épaisses moustaches en crocs qui soulignent la largeur des joues, la lourdeur du menton et l'importance des bajoues qui s'appuient en trois plis sur le col Souvaroff. Si, à l'époque, on avait pu faire de la photographie en couleurs, il est incontestable que nous pourrions voir maintenant que Delphin était construit en chair rouge, en bonne viande bourrée de sang.

Ravanel Georges, si on en juge par le Ravanel qui, de nos jours, conduit les camions, avait également cet attrait. Marie Chazottes, évidemment, n'était pas grosse et rouge, mais précisément. Elle était très brune et par conséquent très blanche, mais, quelle est l'image qui vient tout de suite à l'esprit (et dont je me suis servi tout à l'heure) quand on veut indiquer tout le pétillant, tout le piquant de ces petites brunes? C'est « *deux sous de poivre* ». Dans Marie Chazottes, nous ne trouvons pas l'abondance de sang que nous trouvons chez Ravanel (qui fut guetté), chez Delphin (qui fut tué), mais nous trouvons la qualité du sang. Le vif, le feu; je ne veux pas parler du goût. Je n'ai, comme bien vous pensez, jamais goûté le sang de personne; et aussi bien je dois vous dire que cette histoire n'est pas l'histoire d'un homme qui buvait, suçait, ou mangeait le sang — je n'aurais pas pris la peine, à notre époque, de vous parler d'un fait aussi banal —, je ne veux pas parler du goût (qui doit être simplement salé), je veux dire qu'il est facile d'imaginer, compte tenu des cheveux très noirs, de la peau très blanche, du *poivre* de Marie Chazottes, d'imaginer que son sang était très beau.

Je dis beau. Parlons en peintre!

Je n'oublie pas Bergues. Non pas qu'il soit très important, le pauvre, mais il était courageux, généreux, spontané; lui n'est pas une victime, il est un adversaire vaincu. C'est comme si Langlois avait disparu...

Il existe, évidemment, un système de références comparable, par exemple, à la connaissance économique du monde et dans lequel le sang de Langlois et le sang de Bergues ont la même valeur que le sang de Marie Chazottes, de Ravanel et de Delphin-Jules. Mais il existe, enveloppant le premier, un autre système de références dans lequel Abraham et Isaac se déplacent logiquement, l'un suivant l'autre, vers les montagnes du pays de Moria; dans lequel les couteaux d'obsidienne des prêtres de Quetzalcoatl s'enfoncent logiquement dans des cœurs choisis. Nous en sommes avertis par la beauté. On ne peut pas vivre dans un monde où l'on croit que l'élégance exquise du plumage de la pintade est inutile. Ceci est tout à fait à part. J'ai eu envie de le dire, je l'ai dit.

Langlois décampa les premiers jours de mai. Les gargouilles et les chéneaux eurent beau gémir sous d'énormes ruissellements de pluie, on était plus rassuré par l'arrivée du printemps que par la présence de la compagnie de gendarmes. Beaucoup de gens qui ne dormaient plus depuis trois mois retrouvèrent le sommeil au son des grands torrents dévalant les combes.

Dès les belles lumières de la fin des pluies, quand le Jocond émerge des lambeaux de brumes comme une pure émeraude, que le lointain Veymont miroite, que le glissement de nuées vermeilles découvre le haut pays d'ombres et de glaces qui dort sur l'Obiou, le Ferrand et le Taillefer, on eut la sensation de revivre; exactement de vivre une deuxième fois et l'envie de profiter de tout ce dont on n'avait pas profité la première fois. C'est de cette époque que date le Cercle des travailleurs qui fonctionne encore. Le père de Burle, le père de Cather, la mère de Sazerat, le père de Pierrisnard, la mère de Julie, le père de Raffin, la mère d'Antoinette Save, la mère de Lambert, la mère d'Horatius, le père de Clément, le cousin de Cléristin (celui qui lui a légué la grange du cimetière des protestants), Fernand Pierre, qui a été le plus vieux du canton et qui est mort il y a trois ans, sont tous nés en mars-avril 45. On trouve, par exemple, que la belle maison de René Martin, qui lui vient de son père, avait été léguée à son père par un nommé Coursier dont la famille s'est éteinte, car il était célibataire. Le legs est de juillet 44. Sazerat : son père était instituteur parce qu'un nommé Richaud Marie, sans enfant, paya ses études aux écoles de Grenoble. Sazerat peut vous le dire : son père quitta l'école en 39. Il avait cinq ans. Il gardait les vaches. En juin 44 Richaud se chargea, par-devant notaire, de l'entretenir jusqu'à son brevet d'instituteur. Ainsi, dans les registres de l'état civil de la commune et dans les archives notariales de Prébois, il reste des traces de la tentative que, pendant le printemps et l'été 44, les gens d'ici firent pour vivre en dehors du système ordinaire.

Dès le début de l'hiver, Langlois revint. Il était seul. Il logea son cheval chez le maire mais il porta son havresac au Café de la route.

— Je suis un vieux célibataire, dit-il, et là-haut je gênerais la mairesse. Ici, je peux fumer ma pipe et rester en pantoufles. Et j'aime la compagnie. Il ne s'agit plus de service. Je suis en congé de trois mois.

Enfin, il dit tout ce qu'il fallait pour qu'on prenne l'habitude de le voir derrière les vitres du café, assis à califourchon sur sa chaise, en train de regarder tomber la neige.

Il avait de fort belles armes. Il en prenait grand soin. La tradition en est restée : pour un fusil qui est nickel on dit encore qu'il est Langlois. Il aligna ses pistolets sur une table de marbre, à côté de lui. Il les graissa, les essuya, fit jouer les ressorts à vide, il en lima soigneusement les détentes : « Ça part au millimètre », dit-il. Il visait les flocons de neige et il les tenait au bout du canon de ses pistolets pendant tout le temps de leur descente, sans les lâcher d'un poil. Il chargea ses armes, il les installa à portée de sa main : « Et maintenant, dit-il, je fais le bourgeois », et il assura son bonnet de police en casseur d'assiettes. Bourgeois d'une bourgeoisie qui avait un violent parfum d'Abd el-Kader.

Le Café de la route, à cette époque, était tenu par une surnommée Saucisse : une vieille lorette de Grenoble qui avait décidé de passer ses soixante ans au vert (réalisation, sans doute, du rêve de tout son service actif); une maîtresse femme, plantée comme un roc, et forte d'une gueule avec laquelle elle sonnait volontiers la charge dans les oreilles de ceux qui essayaient de lui marcher sur les pieds. Elle n'avait jamais rôti de balai que dans des sous-préfectures ou des villes de garnison, ce qui exige évidemment de la cuisse, mais surtout un sens profond des affaires et une solide imagination, y compris la connaissance des deux mondes superposés. Il ne faut pas oublier que ces femmes-là, sur la fin de leur gloire, consolèrent tout le contingent des vieux officiers subalternes retour d'Algérie et du paradis d'Allah. Naturellement, avec Langlois, en tout bien tout honneur, ils s'entendaient comme cul et chemise.

L'hiver, le Café de la route chômait. Vers les midi, quatre ou cinq vieux venaient y boire pour un sou de gloria. Ils restaient là jusqu'à trois heures à dormir autour du poêle. Saucisse s'asseyait près de Langlois, et ils discutaient de la marche du monde.

— Qu'est-ce que tu ferais d'un homme mort, toi? disait Langlois.

— Rien, disait-elle

— Évidemment, disait Langlois.

C'était, comme les années précédentes, un hiver lourd et bas, noir de neige.

— Un sacré trou, disait Langlois.

— Ça vaut Grenoble, disait-elle.

— Pas de ton avis, disait Langlois.

Autour du poêle, les vieux puaient le velours chauffé et la chique.

— Qu'est-ce que tu entends par : ça vaut? disait Langlois.

— Qu'est-ce que tu y trouves à Grenoble? disait-elle.

— Rien, disait Langlois. Il y a un village du côté de Mer-el-oued, disait Langlois, c'est pareil.

— Il n'y a pas de neige? disait-elle.

— Non, mais il y a du soleil, disait Langlois.

On vécut novembre et décembre en bombant le dos et en attendant on ne savait quoi. Vers les alentours de Noël, le temps se releva ; il y eut même quatre à cinq jours de vrai soleil, glacés mais très lumineux. On carillonna la fête.

Langlois mit ses bottes et alla trouver M. le curé.

— C'est votre messe de minuit qui m'inquiète, dit-il.

— Elle partait bien pourtant, dit le curé, et il lui fit visiter l'église qu'il décorait depuis une semaine avec du houx, du buis et des guirlandes de papier.

Langlois avoua plus tard avoir été fortement impressionné par les candélabres dorés, les cierges entourés de papier d'étain et les belles chasubles exposées dans la sacristie.

— Tous ces blasons, dit-il... (Nous comprenions tous une partie du mystère, dit-il, mais personne ne le comprenait en entier.)

— Vous m'excuserez, monsieur le curé, dit Langlois mais, est-ce que, dans les villages à côté, là, dans le canton, on a mis aussi de belles choses dans les églises ?

— Certes, répondit le curé. Et même, nous sommes les plus pauvres, nous. Nous sommes la seule paroisse qui ne dispose pas de vrai or pour orner ses autels. Tout ceci est du cuivre que j'ai soigneusement fourbi, mais à Saint-Maurice, et à Clelles, et à Prébois, et même plus loin ils ont de l'or véritable. Il y a à Clelles, notamment, un ostensoir qui vaut une fortune.

Langlois était à ce moment-là tellement près de connaître toute la vérité qu'il demanda si ce qu'on appelait l'ostensoir ça n'était pas cette (il chercha son mot) chose ronde ?

— Précisément, dit M. le curé, avec des rayons, semblable au soleil.

— Très bien, très bien, dit Langlois, vous dites donc qu'il y aura des ostensoirs et des candélabres, et des vestes, enfin des uniformes semblables à ceux-là dans toutes les églises du canton?

— De plus beaux, de bien plus beaux, dit M. le curé qui était un athlète timide et inspiré.

— Eh bien, dit Langlois, disons cette messe-là, monsieur le curé, j'ai l'impression qu'on ne risquera peut-être pas grand-chose.

Langlois prit toutefois ses précautions. Il décida que, du moment qu'il était là, n'est-ce pas, tant valait qu'il serve à quelque chose. Au surplus, il fit remarquer que de lui désobéir n'avait pas porté bonheur à Delphin-Jules. Et voilà ce qu'il dit :

— Messe de minuit, je vous y mène. Je ramasse les femmes; et les hommes, ceux qui veulent venir; enfin, il m'en faut quelques-uns quand même, je ne suis pas de taille à commander, combien êtes-vous : trente? Quarante? Cinquante femmes? Non, il me faut quatre hommes : un derrière, deux en serre-file et moi devant.

Il en trouva plus de quatre. Il en trouva plus de trente qui vinrent le chercher avec des lanternes jusqu'au Café de la route. Pendant qu'il mettait ses bottes, ils l'attendirent dehors. Les lanternes faisaient jouer des lueurs brusques à travers la neige qui tombait. Il y avait également deux ou trois porteurs de torches qui balançaient des flammes nues et des fumées de poix dans l'écroulement blanc. Langlois ayant mis ses bottes dit à Saucisse avant de sortir :

— Ils sont au moins trente, j'ai l'impression de savoir de quoi il s'agit, et chaque fois ça m'échappe. Ils sont trente, et regarde-les s'ils ne s'amusent pas avec leurs lanternes. Ça me dit quelque chose.

Les femmes aussi s'amusèrent beaucoup. Elles restèrent très dignes, mais elles jubilaient. Même la mère de Marie Chazottes, qu'une belle-sœur menait sous le bras; Anselmie, sans aucun doute, avec un livre de messe de quoi assommer un bœuf.

M. le curé avait préparé une chaise pour Langlois, au premier rang, mais le capitaine resta près de la porte.

— Ma place est là, monsieur le curé, nous sommes de service tous les deux ce soir, dit-il.

— Vous ne croyez cependant pas que le monstre..., dit le curé.

— Ce n'est peut-être pas un monstre, dit Langlois.

La messe se passa sans incident. Elle fut magnifique. Les cierges brasillaient en buissons et même M. le curé se paya le luxe de mettre dans chaque encensoir une petite pincée de vrai encens. Dès que la fumée balsamique commença à se répandre en orbes balancés dans le petit vaisseau de l'église, Langlois (qui pensait à toutes les églises du canton) eut la certitude que la nuit se passerait sans rapt. « Je comprends tout, se dit-il, et je ne peux rien expliquer. Je suis comme un chien qui flaire un gigot dans un placard. »

À la sortie, M. le curé participa lui-même à la bonne garde de son troupeau. Il se sentait, dit-il, personnellement responsable. Il ne neigeait plus. La nuit était serrée dans un calme de fer. Cela fit une procession au long de laquelle les cierges et les flambeaux avaient des flammes droites comme des fers de lances.

— Je suis très content que tout le monde soit rentré sans encombre, dit M. le curé à Langlois qui le raccompagnait au presbytère.

— Il ne pouvait rien se passer ce soir, dit Langlois.

— Pour être un soldat qui a été un héros sur les champs de bataille, dit M. le curé, vous n'en avez pas moins une connaissance exacte des puissances de la messe, je vous en félicite. Avouez que le monstre ne peut pas approcher du sacrifice divin.

Langlois et M. le curé, portant chacun un cierge, se trouvaient à ce moment-là tous les deux seuls au seuil du presbytère ; c'est-à-dire à l'orée du village et, à cent mètres au-delà d'un petit pré, on voyait dans la nuit très noire la muraille très noire de la forêt.

— En vérité, dit Langlois, je ne voudrais pas vous troubler, monsieur le curé, mais je crois qu'il s'en approche fort bien, et je crois, au contraire, que c'est parce qu'il s'en est approché que nous n'avons rien risqué.

— La grâce divine ? demanda M. le curé.

— Je ne sais pas comment cela peut s'appeler, dit Langlois. Nous sommes des hommes, vous et moi, poursuivit-il, nous n'avons pas à nous effrayer de mots, eh bien, mettons qu'il ait trouvé ce soir un *divertissement* suffisant.

— Vous m'effrayez, dit M. le curé.

— Je ne sais pas encore très bien ce que je veux dire, dit Langlois ; peut-être ne le saurai-je jamais, mais je voudrais bien le savoir. Il est encore trop tôt pour qu'il soit là-bas, poursuivit Langlois en pointant son index vers la lisière ténébreuse des bois. Peut-être même n'y viendra-t-il pas ce soir mais il pourrait fort bien y être et nous guetter sans que nous risquions grand-chose, vous et moi. Nous lui donnons déjà tous les deux, avec nos cierges, tout ce dont il a besoin. C'est drôle, hein, monsieur le curé ! À quoi tient la vie quand même !

Il eut tout de suite l'impression d'avoir dit une incongruité. Le curé le lui fit bien sentir en lui souhaitant à peine le bonsoir.

Quand la porte du presbytère se fut refermée et qu'il eut entendu claquer les deux verrous, Langlois souffla son cierge et retourna au Café de la route en sifflotant un petit air.

— Alors, lui dit Saucisse, tu les as rentrées tes bécasses ?

— Bécasses, tourterelles et perdrix, j'ai tout rentré, dit Langlois. Donne-moi un coup de schnick, j'en ai froid au ventre. Ce n'est pas un monstre. C'est un homme comme les

autres. Ce qu'il faudrait, veux-tu que je te le dise : c'est la
messe de minuit, du premier janvier à la Saint-Sylvestre et
sans interruption.

— Tu l'as dit, bouffi, dit-elle en lui donnant sa chandelle.

On avait donc passé novembre et décembre sans drame.
Paisiblement, janvier s'aligna jour après jour, très lentement.
Pendant certaines obscurités de tempêtes on n'osait pas res-
pirer ; elles finissaient par étaler dans le silence général. On
commença février. Ce n'était pas fini, mais on pouvait
compter qu'en mars déjà...

Un matin, Frédéric II faisait le café. Il était sept heures ;
nuit noire, mais la neige commençait à prendre cette couleur
verte du lever du jour ; brouillard comme d'habitude. En passant le café, Frédéric II pensait à tout ce qu'il voulait ; il faisait ainsi un tour d'horizon. Il regardait ces tiroirs de
commodes qu'on ouvre rarement, ces dessus d'armoires où
l'on ne va pas souvent voir. Ces deux heures de liberté de
chaque matin, Frédéric II n'en aurait pas abandonné la préro-
gative pour tout l'or du monde. Il pensait à sa jeunesse. Il
pensait à tout ce qu'il ferait s'il n'avait pas femme et enfant.
Il pensait à ce qu'il ferait si c'était à refaire. Il pensait à ce
qu'il devrait faire. Il s'interrompait, il prenait une boîte sur la
cheminée, il passait en revue tout son contenu. Ravi de trouver un piton ou un clou qu'il mettait dans sa poche, ou un
petit bout de poix qu'il mettait dans une autre boîte, ou le
vieux bout d'ambre d'une pipe de Frédéric I ou même de
Frédéric zéro, dans la nuit des temps, des trucs sucés par des
lèvres de dessous Louis XIV, qu'il regardait longuement, se
demandant où il pourrait bien placer des choses aussi éton-
nantes.

Ce matin-là, il en était aux tiroirs des commodes et, dans
une, il trouva un joli petit cadran d'horloge colorié. Il y avait
tout : le mécanisme, les aiguilles et même les deux clefs pour

la sonnerie et pour le mouvement. La sonnerie était parfaite.
Ah! çà, jamais Frédéric II n'avait entendu une sonnerie
pareille! On aurait dit qu'avec une aiguille de bas on frappait
sur de petits verres de lampe. On la remontait en fourrant la
clef dans son ouverture ronde qui était justement l'œil du
berger aux cheveux d'or, à la veste d'or et au foulard rouge
qui donnait ce bleuet si bleu à la bergère si blanche avec une
touche de rose. Dans l'œil de la bergère on fourrait la clef
pour remonter le mouvement. Mouvement extraordinaire!
Ça alors! La sonnerie était très belle, mais il fallait attendre
une heure pour la ravoir, tandis que le mouvement, ça : tac,
tac, tac, tout le temps. Et avec un bruit! Ah! çà, jamais Frédéric II n'avait eu des bruits aussi gentils dans les oreilles.
Pas question de passer à autre chose ce matin-là. Il ferma le
tiroir et il commença à mettre son plaisir sur pied. Tant qu'il
n'aurait pas cette horloge accrochée au mur il ne serait pas
content. Inutile d'essayer, il ne pouvait pas s'en passer. Rien
qu'à imaginer qu'il n'entendrait pas le tac-tac il trouvait le
temps long. La femme aurait beau dire. C'était décidé.

Il but un café exquis. L'horloge était sur ses genoux et il
pensait à ce qu'il allait faire. C'était bien simple, voilà ce
qu'il allait faire : il allait faire une « petite-boi-ten-bois » !
avec un trou rond découpé à la scie pour le cadran, un bon
crochet derrière pour la pendre. En quel bois? En bois de
noyer, bien entendu. Il pensa même à un bout de cire vierge
qui devait se trouver dans la boîte marquée « Épices », là sur
la cheminée, avec laquelle cire il y aurait de quoi donner du
lustre et masquer les joints.

Du bois de noyer il n'en avait pas, ici. Il en avait deux très
belles feuilles à la scierie. Il se vit en train de scier, râper,
ajuster et vernir pendant cette journée qui s'annonçait noire.
Il plaça soigneusement la petite horloge dans le tiroir après
avoir de nouveau pris un énorme plaisir à regarder le berger
d'or et la bergère blanche.

Avant que la femme se lève (elle demanderait trop d'explications) il allait descendre jusqu'à la scierie. Il en avait pour vingt minutes.

Jour louche, brouillard, on n'y voyait qu'à cinq ou six mètres. La neige gelée portait bien. Froid de canard : il avait sa veste en peau de mouton. Le village dormait. De la lumière aux vitres du Café de la route ; chez le maire ; chez Dorothée. Cette fille était matinale.

Route d'Avers qui passe en vue des fenêtres de Bergues ; et plus de village. Cent mètres : ici on y voit déjà un peu plus clair, c'est-à-dire que le brouillard est un peu plus luisant et contient quelques traces d'arbres qui sont des saules. Cent mètres plus loin c'est la scierie.

Frédéric II mit à peu près dix minutes pour trouver ses feuilles de noyer. Il était sur sa porte ; il allait la refermer ; il entendit du bruit dans le hêtre. Naturellement, le hêtre était entièrement effacé par la brume. On en voyait le tronc énorme ; tout le reste était complètement perdu. Frédéric II écouta : ça n'avait l'air de rien ; c'était du bruit. On était bien incapable d'imaginer quoi que ce soit avec ce bruit-là. Des oiseaux ? Alors des gros et qui bougeaient avec précaution. En cette saison, il n'y a pas d'oiseaux aux nids. Des rats ? Il semblait qu'à un moment donné ça avait un peu couiné ; ça n'étaient pas des bruits de rats. On ne pouvait absolument rien voir. À l'endroit où se produisait le bruit c'était blanc parfait. Frédéric resta la main sur le loquet.

Il n'avait pas mis ses sabots ; ce matin-là il avait ses bottes. Il pouvait marcher sans faire de bruit. Il lâcha tout doucement le loquet et il s'approcha. À trois, quatre mètres du tronc du hêtre il y avait un buisson de ronces (il y est toujours). Frédéric II était derrière ce buisson depuis peut-être une demi-minute, bouche ouverte et l'œil rond, quand le bruit ressembla à celui que ferait quelque chose, ou quelqu'un, ou une bête, un serpent qui glisserait contre des branches, de l'écorce ; et, de la brume comme d'une trappe, se mirent à descendre un pied chaussé d'une botte puis un autre pied chaussé d'une autre botte, un pantalon, une veste, une toque de fourrure, un homme ! Qui descendait lentement le long des deux mètres cinquante de tronc qui était visible et posa ses pieds par terre.

Qui c'était, ce type-là ?

Naturellement, il faisait face au tronc et il tournait le dos à Frédéric II. Il n'avait pas d'allure connue. Il glissa dans un taillis, fit quatre ou cinq pas et disparut dans la brume.

« Qu'est-ce qu'il foutait là-haut dedans ? » se dit Frédéric II. Il s'approcha du hêtre et il s'aperçut que, dans le tronc, plantés de distance à distance, de gros clous de charpentier faisaient comme un escalier.

— Et, te foutre, un drôle de type, qu'est-ce c'est que ça ? se dit Frédéric II. Attends voir », et il commença à monter. C'était facile : les clous étaient placés de telle façon que les pieds et les mains y allaient tout seuls.

Voilà mon Frédéric II sur l'enfourchure du tronc, à l'endroit d'où partaient les branches maîtresses. Et en plein brouillard. Il ne voyait plus le sol. Tout se fit très vite. Il était comme sur quelque chose qui brûlait.

Des quatre branches maîtresses qui, à partir de là, s'écartaient les unes des autres, la plus grosse (large à elle seule comme un paquet de trois hommes) était toute balayée de sa neige. On voyait que l'homme était descendu de là. D'ailleurs, de loin en loin, pour aider, toujours les clous de charpentier.

« Cré coquin ! » Frédéric II empoigne les clous et monte. Il monte. Sous lui, la brume se refermait, de plus en plus épaisse, et autour de lui. Et il sent que la branche, au lieu de s'amenuiser comme c'est la règle, s'épaissit au contraire. Ça arrive : ce sont des sortes de chancres qui dilatent le bois. Celui-ci était dilaté au point maintenant d'avoir au moins l'épaisseur de cinq hommes ; en même temps que la direction de la branche avait tendance à devenir horizontale.

Heureusement que Frédéric II alors s'arrêta peut-être trois secondes pour souffler. Trois secondes pendant lesquelles, sans qu'il s'en rendît compte, son corps et son esprit se préparèrent à la monstruosité.

Il s'approcha — il ne monta plus, il s'étira — vers le rebord de cette sorte de nid énorme, large comme une cuve, que le chancre avait creusé dans l'énorme branche. Il était, à ce moment-là, sans le savoir, tellement prévenu, tellement dédoublé, fendu en deux comme à la hache par l'appréhension, que ses mains étaient verrouillées sur les clous et que ses bras étaient raides comme des clefs de maçonnerie. Il n'y avait que sa curiosité terrible qui lui étirait le cou : il était tout dans ses yeux. C'est pourquoi il resta solidement arrimé quand son visage arriva, à travers le brouillard, à trois travers de doigt d'un autre visage, très blanc, très froid, très paisible, et qui avait les yeux fermés.

Tout ce que je raconte, depuis le moment où Frédéric II empoigna le premier clou et quitta terre jusqu'à maintenant n'avait pas duré en tout une minute. Il resta face à face avec le visage très blanc quelques secondes à peine. Le temps de cent mille ans. Il se croyait dans un rêve et face à face avec le visage émaillé de la bergère de l'horloge. Cependant il dit : « Dorothée ! Dorothée morte ! »

Car c'était le visage bien connu de Dorothée, le beau visage de Dorothée, Dorothée dont il avait vu, vingt minutes avant, la fenêtre éclairée. Dans ces quelques secondes, pêle-mêle avec son rêve et le visage émaillé de la bergère, il se rendit compte que la chose monstrueuse venait encore d'avoir lieu ; que Dorothée s'était levée la première pour faire le café, avait dû sortir pour prendre du bois et... Disparue ! Non, cette fois elle n'avait pas disparu ; elle était là, il la voyait. Il se hasarda même à la toucher. Elle était tellement familière, Dorothée ! Alors, l'homme ?... C'était l'homme !

Frédéric II se retrouva au pied du hêtre sans savoir, et sur les traces de l'homme, derrière le buisson, puis, dans le pré qui montait, des traces nettes, toutes seules, fraîches, dans le brouillard, avec l'espoir de ne pas le rattraper, oh! non, non! Et il suivait.

Il dépassa le pré de Carles. Les traces étaient toujours très fraîches, tellement que, dans certaines, la neige gelée, rebroussée par la pointe du pas, était encore en train de s'ébouler dans l'empreinte. Il dépassa le pré de Bernard. Il pouvait être huit heures du matin à ce moment-là et le brouillard se mit à se déplacer lentement. Par endroits, il s'amincissait jusqu'à permettre de voir les arbres de la route. Dans une de ces éclaircies, Frédéric II aperçut devant lui l'homme qui montait sans se presser. C'était bien cette allure inconnue, cette veste, cette toque de fourrure, cet air boulé; il était dans le droit sillon des traces.

Frédéric II s'accroupit derrière une haie et lui laissa prendre un peu d'avance. Quand il commença à fondre peu à peu dans des paquets de brumes, Frédéric II reprit le pied. Il se dirigeait droit vers le Jocond, comme la fois de Ravanel où Bergues avait suivi, puis abandonné, dans le nuage. Frédéric II savait que, lui, n'abandonnerait pas. À ce moment-là, ce n'était pas une question de courage : c'était une question de curiosité (s'il est question de curiosité dans la fascination).

La neige était entièrement vierge; il n'y avait que ces pas tout frais.

L'homme se dirigea très intelligemment vers les bois de Burle. Au bout d'un moment, la lisière de la forêt se mit à noircir le brouillard. L'homme entra dans la forêt.

Frédéric II aurait dû à ce moment-là briser et se diriger de biais vers le bois. C'était prudent, au cas où l'autre se serait posté. Mais Frédéric II ne pensait qu'à mettre ses pas dans les pas. D'ailleurs, comme il atteignait la lisière, le brouillard, tamisé sous bois par l'épais feuillage des sapins chargés de neige, lui laissa entrevoir, dans la pénombre grise, là-bas devant, le dos et la toque, et le pas paisible de promeneur.

Paisible mais solide, c'est-à-dire régulier. Promeneur habitué aux vastes espaces.

Il continua à monter ; sortit du bois ; aborda les pâturages de l'Archat. Avec beaucoup de sûreté, il montait sur l'emplacement exact du sentier, malgré l'énorme épaisseur de neige qui uniformisait tout.

Dans ces hauteurs, il y avait beaucoup plus de lumière. Comme on approchait du sommet de l'Archat, Frédéric II eut malgré tout la prudence de s'arrêter et de laisser l'homme prendre un peu d'avance. Pour quelqu'un qui aurait eu toute sa tête, il aurait pu laisser prendre même une heure d'avance. Dans ces parages, en cette saison, il n'y avait sûrement que cet homme. Sa trace était nette, comme gravée au couteau, on ne pouvait pas le perdre. Mais Frédéric II dira : « Il me fallait le voir. » Il s'arrêta deux cents mètres plus bas que l'homme qui, ayant atteint le sommet de l'Archat, s'arrêta.

Il était là-haut comme une silhouette. « Comme une cible », dira Frédéric II. Ils n'avaient plus une très grande épaisseur de brouillard au-dessus d'eux et, au-dessus du brouillard, des nuages devaient passer, car, par moments, après de grandes ombres, de longs rayons de poussière blanche rouaient dans la brume. De l'autre côté de l'Archat, ces longues flèches devaient frapper dans ces étendues immenses qu'on domine, qui vont jusqu'au col du Negron, jusqu'au Rousset, jusqu'aux lointains inimaginables : le vaste monde ! Tout entièrement recouvert de brouillards : un océan de sirop d'orgeat aux vagues endormies, dans lequel ces jets de lumière blanche devaient faire surgir, comme des îles blêmes serties de noir, l'archipel des sommets de montagnes. La géographie d'un nouveau monde.

C'est à ce moment-là, pendant que, là-haut, l'homme regardait paisiblement cette création, que Frédéric II, dans sa pente, s'aperçut qu'il portait toujours sous son bras les deux petites feuilles de bois de noyer.

À partir de là, il eut conscience des choses. Sûrement, si le village avait été à deux pas, il y serait retourné en courant pour y crier. Mais, au moment où il se découvrit là, planté

sur l'Archat, ses planches sous le bras, qu'il se dit :
« Merde! Les planches, qu'est-ce que j'en fous? » et qu'il
les fourra dans la neige pour avoir les mains libres, pendant
qu'il ne cessait pas de guetter, là-haut, la silhouette, la cible,
et qu'une tringle de gel fusait dans son échine et durcissait
ses cheveux, il vit, à la fois, superposés, grossissants, éclat-
tants comme les éclats d'une sorte de roue de feu d'artifice
blanche, les visages de la bergère d'émail et de Dorothée.
Avec l'écœurante imprécision de pensée d'un quart de
seconde : se demander si le trou pour mettre la clef qui
remontait le mécanisme se trouvait dans l'œil de la bergère
ou dans l'œil de Dorothée. (Il dira : « La colère me prit... »)

L'homme commença à descendre de l'autre côté de
l'Archat. Frédéric II monta sur ses traces à quatre pattes. Le
sommet de l'Archat n'est pas large : une quinzaine de mètres.
Frédéric II s'approcha précautionneusement du rebord.

En bas dessous, et toujours avec la même précision,
l'homme suivait l'emplacement du sentier; c'est-à-dire qu'il
descendait en zigzag, de son pas de promenade. Il ne s'agissait pas de s'engager dans la pente pendant qu'il était ainsi
dans le découvert : la brume ne masquait plus suffisamment.
Il fallait attendre qu'il entre dans le bois. Frédéric II eut
même la ruse de rester un mètre ou deux à contre-pente sur
ce flanc-ci et de biaiser pour aller rejoindre la corne de ce
bois de sapins qu'il distinguait vaguement en bas et dont il
ne savait plus le nom, parce qu'on devait être ici sur le territoire de, je ne sais pas quelle commune, peut-être des
Lucettes. De temps en temps, pour ne pas être en défaut, Frédéric II guettait par-dessus la contrepente. Il n'y avait aucune
crainte à avoir : l'homme descendait paisiblement, d'un tel
pas de promenade (qui frappe tellement les gens d'ici, pour
lesquels ce pas signifie contentement, richesse, préfet,
patron, millionnaire) que Frédéric II était obligé de se souvenir de tout le chemin, depuis le hêtre jusqu'ici, où il n'y avait

dans la neige qu'une trace, une seule, une et unique : celle de cet homme qui se promenait.

Et qui entra dans le bois. Frédéric II lui laissa le temps de pénétrer un peu profond, puis, par le biais de la corne, il rejoignit les traces. (Plus tard il dira : « J'avais peur de le perdre. ») Maintenant, en effet, il collait à la piste pour des raisons différentes de celles qui l'avaient amené jusque-là. Peut-être même un peu honteux d'être venu jusque-là avec des raisons incompréhensibles, il était devenu renard. Il rusait de toutes ses forces. Pas un cheveu de sa tête qui pensait à autre chose qu'à ruser. Tout gros qu'il était, il était devenu silencieux et aérien, il se déplaçait comme un oiseau ou comme un esprit. Il allait de taillis en taillis sans laisser de trace. (Avec son sens primitif du monde, il dira : « Sans toucher terre. ») Entièrement différent du Frédéric II de la dynastie de la scierie ; plus du tout sur la terre où il faut scier du bois pour gagner de quoi nourrir Frédéric III ; dans un nouveau monde lui aussi ; où il fallait avoir des qualités aventurières. Heureux d'une nouvelle manière extraordinaire ! (Ça, il ne le dira pas. D'abord il ne le sait que confusément, mais, le saurait-il très exactement, il ne le dirait pas, il le cacherait pour toujours, même au moment final où il serait lui aussi ce promeneur traqué.) Heureux d'une manière extraordinaire à imaginer (c'est trop dire : à connaître instinctivement) que ce nouveau monde était d'un vaste sans limites ; semblable à l'archipel d'îles blêmes serties de noir que les rayons de poussière lumineuse avaient fait surgir de l'autre côté de l'Archat.

L'homme, au contraire, tout en soutenant son pas solide, inflexiblement dardé vers un but très précis, allait son train, sans hâte et sans variation. Il connaissait très bien son affaire. Il alla jusqu'au fond du val, remonta le torrent sur le flanc gauche, le traversa à l'endroit précis où il fallait le traverser pour se trouver juste sur l'emplacement du sentier qui continuait sur le flanc droit. Frédéric II ne faisait pas de bruit et se déplaçait comme une ombre, mais, même en se coulant parfois à quatre pattes, il ne pouvait empêcher les branches basses des sapins de frotter sa veste, et de faire un bruit très effrayant dans ce silence si tendu qu'on entendait, très loin, la neige craquer sur des arbres qui s'étiraient. Mais l'homme ne tourna jamais la tête. À un moment même, juste après avoir traversé le torrent, l'homme, qui suivait avec un sens très précis les traces du sentier enfouies sous plus de deux mètres de neige, fit un détour assez brusque. Frédéric II, au découvert, en dehors du bois, vit, pendant le temps d'un éclair, une tache blanche sous la toque de fourrure : le visage de l'homme. Frédéric II s'immobilisa. (Il dira : « À ce moment-là j'ai dit : c'est foutu ! ») Mais, pendant que Frédéric II, immobile, s'efforçait de ressembler à un tronc d'arbre, l'homme continua à marcher de son pas, égal et paisible, comme s'il était depuis bien longtemps dans des endroits où il savait que jamais personne ne pourrait plus le rattraper.

Frédéric II gardera de cette poursuite un souvenir *renard*. Quand il parlera du pays derrière l'Archat, il en parlera comme Colomb devait parler des Indes orientales. Sa vision des choses était ordonnée autour de nouvelles nécessités. Il a vu les arbres par rapport aux troncs qui pouvaient le cacher ; placés plus ou moins judicieusement derrière l'homme ; permettant plus ou moins facilement d'avancer dans la poursuite. Il dira combien il y avait de couverts et de découverts dans les vallons, les combes, les pentes, et de quelle façon ces couverts et ces découverts s'emmanchaient : les pointes de bois dans lesquelles il pouvait faire un peu de route au trot, les clairières dont il devait contourner les lisières en se coulant derrière les troncs de sapins ; les espaces libres au bord desquels il était obligé d'attendre longuement avant de s'engager ; pendant que, de la neige, du silence, du noir des ramures et même de lointaines odeurs anisées d'écorces humides qu'il était tout étonné de comprendre, lui venaient d'étranges enseignements qu'il était obligé d'interpréter tout de suite et d'utiliser sur-le-champ.

Il ne dira pas que, maintenant qu'il était bien certain que l'homme ne regardait jamais derrière lui, il ne pensait plus du tout au visage glacé de Dorothée. C'était vieux comme les morts de Jeanne d'Arc ou de Louis XVI auxquelles, depuis le temps, il y a des milliers de complices qui profitent paisiblement des conséquences.

L'homme traversa un bois, descendit dans un val, remonta l'autre pente, longea une crête, traversa un autre bois plus étendu que le premier qui couvrait deux vallons pleins de taillis dans lesquels l'homme démêlait paisiblement sa route. Il prit par le travers d'une longue montée et il arriva sur un chemin forestier. Il se mit à le descendre. Peu à peu, il laissa derrière lui les bois de mélèzes, les bois de sapins, les bois de hêtres, les bois de rouvres, rencontra des saules, des peupliers, puis des haies qui émergeaient à peine de la neige, puis des champs ondulés. À deux cents mètres derrière l'homme, Frédéric II s'arrêta brusquement : à un quart de lieue devant l'homme il y avait, là-bas, une ferme clignant d'une fenêtre sous un lourd béret blanc. Une petite plume de fumée bleue montait des toits épais.

(Frédéric II dira : « J'ai pensé tout de suite... » Il ne dira vraiment pas à quoi il a pensé car c'est ici qu'il a fallu se dépouiller d'une peau de renard qui était presque une peau de loup.) Il est resté, souffle coupé, un long moment à attendre que revienne l'accord avec le toit et la fumée pendant que l'homme, qui ne fait pas tant d'histoires, descend, passe à côté de la ferme et continue à descendre.

Maintenant, le chemin est une petite route sur laquelle il y a des traces de traîneau. Elle tourne à travers les champs de neige quadrillés de barrières de courtil. Les pointes humides de deux ou trois rangées de hampes de maïs émergent comme des poils de barbe. Une odeur de soupe, de suie et de fumier de cheval. L'homme disparaît derrière un épaulement

qui doit être une prairie en pente. Cette fois, Frédéric II
prend le pas de course. C'est ainsi qu'il tombe tout à coup
sur un village : dans lequel l'homme est en train d'entrer.

Frédéric II dira exactement ce qu'il a pensé et ce qu'il a
fait. Mais ils suivent paisiblement la rue, l'un derrière
l'autre, la rue qui doit s'appeler la grand-rue car ce village
est plus conséquent que le nôtre. Il y a trois épiceries, un
tabac, une quincaillerie, et ces magasins ont des vitrines derrière lesquelles on voit les gens sous les lampes, dans des
rangées d'arrosoirs, de cadenas, de cordes à chiquer et de
pots de moutarde. Si l'homme sautait sur quelqu'un, d'un cri
(que Frédéric II pousserait) il y aurait vingt personnes
dehors. Mais l'homme, après la grand-rue, traverse la place
de l'église. Il entre dans une autre rue, très belle et très
propre ; large ; les maisons sont cossues. Il s'est simplement
dirigé vers une de ces maisons, de son pas de promeneur,
comme s'il venait de prendre l'air ; du même pas qu'il avait
ce matin en quittant le hêtre, et qu'il a tenu tout le long. Il
frappe avec le poing la porte d'une de ces maisons, et, pendant qu'on vient lui ouvrir, il racle la semelle de ses bottes
sur le racloir. Et puis il entre et, sur le seuil, il a dénoué de
son cou un cache-nez, très humain. Midi sonnait.

Frédéric II a dépassé la maison comme si de rien n'était et,
derrière la vitre de la fenêtre, il voit une suspension allumée.
Car le temps est noir. Sous la suspension, il doit y avoir la
table mise. Il est allé s'asseoir sur un butoir, dans l'encoignure d'une porte de grange. Le clocher a très vite sonné une
heure. Un petit garçon est sorti de la maison, est parti en courant vers la place de l'église. Il revient. Il rapporte un cornet
de tabac. Il doit y en avoir au moins quatre sous.

Alors, Frédéric II pense à la pièce de cinq sous qu'il a la
précaution de toujours tenir dans le gousset de son gilet. Si
elle y est, ça va bien. Il tâte et elle y est. Depuis l'entrée de
cette rue large aux maisons cossues, il compte une, deux,
trois, quatre maisons ; celle de l'homme est la cinquième. Il

recompte soigneusement : c'est bien la cinquième; c'est la
seule, d'ailleurs, qui a deux fenêtres de rez-de-chaussée, une
de chaque côté de la porte. Après ça, Frédéric II s'en va car
il a deux choses à faire : savoir le nom du village; ici,
qu'est-ce que c'est? Et manger un bout de pain. Depuis ce
matin, il n'a que son café dans le ventre. Le nom du village,
le plus simple c'est d'aller à la mairie car il ne va pas entrer
au café et demander : Qu'est-ce que c'est ici? D'habitude,
quand on va quelque part on sait où on va. À la mairie, dans
le couloir, il n'a pas besoin d'aller plus loin, il y a l'affiche
d'une adjudication de coupe « Mairie de Chichiliane ». Et
maintenant : Auberge des Minimes? Non. Auberge des
Minimes, cinq sous. Non : une boulangerie où il achète deux
sous de pain et le café de la place où il demande deux sous
d'eau-de-vie dans laquelle il trempe son pain.

Il faut rentrer le plus vite possible et voir Langlois. Quatre
lieues — le temps reste sec —, quatre heures bon poids. Il
démarre. Et le temps est tellement sec qu'il y a deux ou trois
types dans les rues, qui vont, doivent aller à des étables, à
des bûchers. Au coin de la place de l'église où d'un côté
prend la route de Clelles et de l'autre juste la rue de
l'homme, il croise un de ces types. Alors il lui demande :

« Dites, cette maison là-bas (ils font quelques pas de côté
pour bien la voir), la cinquième, celle qui a deux fenêtres;
vous savez qui est-ce qui y reste? » On lui répond :

— Oui, oui, c'est M. V.

Frédéric II arriva au village à six heures. Il avait dû peiner
dans le verglas et peiner encore bien plus depuis deux heures
avec la nuit et son secret. Tout était marqué sur son visage;
sans compter que deux sous de pain et deux sous d'eau-de-
vie ne donnent pas beaucoup de fraîcheur à quelqu'un qui a
fait en tout plus de huit lieues à pied sans se reposer. Il alla
tout droit au Café de la route et poussa la porte. Saucisse

était seule. Ses quatre-vingt-dix-huit kilos furent bouleversés d'une grosse respiration de vache et elle ouvrit la bouche toute ronde pendant au moins vingt secondes avant de se délivrer d'un cri qui fit trembler la lampe. Langlois, sautant de sa chambre, tomba dans la cuisine, debout, un pistolet dans chaque main. Et, au bout également de vingt secondes à regarder Frédéric II en silence, il réussit à dire très bêtement, d'une petite voix enfantine :

— Alors, tu n'es pas mort ?

Plus que tout le reste, cette bêtise, cette petite voix d'enfant, venant de Langlois, impressionnèrent fortement Frédéric II qui, sans un mot, entra et tomba assis lourdement sur une chaise. On avait cru qu'il avait été enlevé ; car on lui apprit que Dorothée avait disparu en même temps que lui. Deux le même jour, au nez et à la barbe de tout le monde ! Et Langlois était en haut, en train de rédiger sa lettre de démission, quand Saucisse avait crié.

— Je sais où est Dorothée, dit Frédéric II, et je sais qui est-ce qui est allé la mettre où elle est.

Là-dessus arriva la femme de Frédéric II, et celle-là se mit littéralement à hurler. Langlois quitta ses pistolets, la secoua comme un prunier ; enfin, il lui décocha, le plus galamment du monde, une solide paire de claques et, pivotant sur ses talons de bottes, il empoigna Frédéric II par le bras : « Viens », dit-il. Il le fit monter à sa chambre.

Quand ils redescendirent, Saucisse et la femme de Frédéric II se faisaient revenir le cœur avec de petits verres d'eau-de-vie de noyau.

— Toi, dit-il à Saucisse, va me chercher cinq ou six hommes. Plutôt six. Je veux Coquillat, les deux Ravanel, Pugnères, Bertrand et Horatius. Tu peux sortir tranquille. Vous ne risquez plus rien. C'est fini. Toi, dit-il à la femme de Frédéric II, va le faire manger et fous-lui la paix. Toi, dit-il à Frédéric II, tiens-toi prêt pour dans une heure au maximum.

Coquillat, les deux Ravanel, Pugnères, Bertrand et Horatius étaient les plus forts du pays. Parmi ceux-là il y avait
trois bûcherons. Ils allèrent chercher leurs cordes, des lanternes et une petite échelle (c'est ici ce qui remplace les
brancards quand quelqu'un se fait mal ou qu'il meurt aux
champs).

On trouva Dorothée bien gentiment allongée dans son nid
d'arbre et de brume. Elle était couchée sur des ossements, à
côté de trois crânes parmi lesquels le plus petit était sûrement
celui de Marie Chazottes; les deux autres étaient indistinctement ceux de Bergues et de Delphin-Jules.

— Dorothée seulement, dit Langlois. On viendra chercher
le reste demain. Dépêchons-nous. Ça presse. Même celle-là
aurait pu rester toute la nuit mais enfin, c'est pour sa mère.
Serrez-moi ce nœud sur son ventre. Vous allez me la déglin-
guer en la descendant.

Coquillat, arc-bouté sur le pan de brume rouge qu'éclairait
la lanterne, fit glisser Dorothée comme un fil à plomb entre
ses grosses mains. Les Ravanel attendaient en bas avec
l'échelle.

Le tout, y compris les condoléances militaires à la mère de
Dorothée qui se balançait sans mot dire devant le cadavre de
sa fille comme si, désormais, ce mouvement allait durer
toute sa vie, le tout prit à peine une demi-heure. Langlois
était tiré plus violemment par le vivant que par le mort. Il
entra chez Frédéric II.

Deux et sa femme étaient assis face à face et se regardaient en silence.

— Ne rien calculer, leur dit Langlois. As-tu mangé? Tu
es fatigué; fais ce que tu veux, mais tu ne pourras pas dormir. Et il faut que tu viennes. Tu es le seul à pouvoir me dire
qui c'est.

— Oh! mais, je viens, dit Frédéric II.

Le traîneau à patins de fer de Ravanel était devant le
Café de la route attelé de trois trotteurs. Langlois écarta les

Ravanel. « Seul avec Frédéric, dit-il, je ne veux personne. Il
me faut de la discipline. Je prendrai deux hommes à la
caserne de Clelles. Rentrez chez vous et dormez. Ça me
regarde. »

Et fouette !

Langlois était en bonnet de police et manteau de cavalerie.
Frédéric II était empaqueté dans sa limousine. Il n'avait pas
voulu mettre sa toque de fourrure. Il avait un béret enfoncé
jusque dessous les oreilles. (Il dira : ... il pensait à M. V. qui
à cette heure devait fumer ses quatre sous de tabac sous la
suspension dorée.)

À Clelles, on prit deux gendarmes avec mousquetons et
gibernes. Comme on allait repartir, le lieutenant s'approcha
du traîneau :

— Mon capitaine, dit-il, vous n'avez pas le papier ?

— Quel papier ? tonna Langlois. Alors, vous croyez que
je vais attendre le retour de l'estafette ? Vous vous imaginez
que j'ai besoin d'un papier du procureur royal pour aller me
promener dans les bois et me faire accompagner par deux
hommes parce que j'ai peur la nuit ? Je vais me promener
dans les bois. Compris ? Et j'ai peur la nuit. Compris ? Rom-
pez.

Le lieutenant salua au garde-à-vous et fit demi-tour.

À un quart de lieue de Chichiliane, Langlois arrêta. Il
interpella un des gendarmes :

« Farnaud, descends et va m'enlever ces clochettes. (Il
parlait des clochettes des colliers qui jusque-là avaient sonné
allégrement.) Et éteins la lanterne. »

On fit ce dernier quart de lieue au pas.

La place de l'église était vaguement éclairée par la porte
du café. Langlois frappa à la vitre avec la longe du fouet. Un
homme sortit.

« Le maire ? » dit Langlois.

C'était trois maisons plus loin.

À celui-là, c'est facile, il dit : « Donnez-moi la clef de
votre salle de délibération. Votre mairie est bien sur la place,

en face de la route de Clelles ? Oui ? Donnez la clef, ordre du roi. Est-ce qu'il y a au moins des fauteuils dans votre salle de délibération ? Et deux ou trois bouts de bougie ? Parfait. Le secret le plus absolu. Affaire d'État. Pas un mot ou vous filez à Cayenne. Occupez-vous de ces chevaux. Mettez-les dans une bonne écurie. »

À nous, il nous dit : « Par file à droite », et nous voilà dans la fameuse rue (dira Frédéric II). À l'entrée il me fait remarquer la mairie qui fait l'angle et dont les fenêtres surveillent tout. C'était facile de désigner la cinquième maison : il y avait un fanal juste en face.

— Farnaud, dit Langlois, tu vas te poster là. (Il lui désigna une très profonde encoignure de porte de remise.) Personne ne doit sortir de cette maison, là en face, tu vois ? Et ne dors pas ou je te casse ; et je te... tu me connais !

Nous deux, l'autre gendarme et moi (dira Frédéric II), il nous entraîna derrière cette fameuse maison où, en furetant avec précaution, nous trouvâmes un petit appentis juste à côté de ce qui devait être également une porte de sortie et il y posta l'autre gendarme avec les mêmes consignes. Il ajouta qu'il ne pourrait pas les relever de leur garde, qu'il viendrait de temps en temps se rendre compte des choses mais qu'ils étaient plantés là pour la nuit, qu'il ne faisait pas chaud, qu'il comprenait mais, qu'à la guerre comme à la guerre, et que, d'ailleurs, il les avait choisis tous les deux parce qu'il savait qu'ils étaient capables de tout. Et, en effet, ils en avaient l'air.

Il y avait encore de la lumière derrière les volets. Je lui dis : « Pourquoi on n'entre pas, on est quatre ! » Je comprends que ma question l'embête et je la boucle. Il me mène à la mairie qu'il ouvre comme si c'était sa maison paternelle. Nous voilà dans la salle de délibération. Il bat le briquet. Il allume un petit bout de bougie pour passer l'inspection. Il traîne un fauteuil devant la fenêtre (par laquelle on voyait toute l'enfilade de la rue sous trois fanaux et, en face le fanal du milieu, ma cinquième maison). Je traîne l'autre fauteuil. Il me dit : « Installe-toi », et il souffle la bougie.

— On est en contrebande, dit-il. En plus de ça, qu'il me dit, il y a des lois, Frédéric. Les lois de paperasse, je m'en torche, tu le vois, mais les lois humaines, je les respecte. Et il y a une de ces lois humaines qui dit : « On ne doit arrêter personne, même pas les plus grands criminels, entre le coucher et le lever du soleil. D'abord. Ensuite, je ne dois pas te le cacher, on n'est pas dans une très belle situation. Tu n'as pas de témoin. Il n'a qu'à dire que tu te trompes. Troisièmement, une autre chose qui est mon affaire personnelle. Et il est inutile que je te l'explique. Voilà pourquoi notre fille est muette et qu'on va rester là toute la nuit. Tu n'as pas besoin de veiller. Nous sommes trois pour le faire. Si tu veux dormir, dors. »

Naturellement, je ne dors pas. Il fait un trafic du diable toute la nuit. Il sort, il rentre. Je le vois aller visiter ses gendarmes et même il s'en va coller l'oreille aux contrevents et à la porte, mais comme un chat.

Et le jour se lève. Et on voit le buste de Louis-Philippe.

— Roi ! dit Langlois. Il a l'air de dire : Et après ?

Mais c'est le moment. Langlois guette. Je me demande ce qu'il guette car il regarde en l'air il me semble. Ce qu'il guette c'est la cheminée de la maison. Il attend qu'elle fume, car dès qu'elle fume il se lève et il dit : « En avant ! »

Il prend le gendarme qui est dans l'encoignure. Il nous dit :

« Attention, c'est ici que j'ai besoin de discipline car, écoutez-moi bien, je suis décidé à casser la tête à n'importe lequel d'entre vous si vous ne m'obéissez pas au doigt et à l'œil. Même si ça vous paraît extraordinaire. Surtout si ça vous paraît extraordinaire. Car, il va sans doute se passer quelque chose d'extraordinaire ; et il faut même le souhaiter. Je vais entrer dans cette maison ; j'y resterai ce qu'il faudra ;

le temps ne compte pas; attendez là. Ne bougez pas. Et, voilà ce qui, peut-être, va se passer (si je vois clair, dit Langlois). La porte s'ouvrira. Et cet homme sortira. Laissez-le partir. Ne criez pas. Ne bougez pas. Ne tirez pas. Laissez-le partir, compris? »

Moi, je trouvais ça un peu fort de café et je le lui dis. Alors, parole d'honneur (dira Frédéric II), il m'empoigna par la cravate et il me dit : « Écoute bien, Frédéric, si tu fais un geste, si tu dis un mot, c'est toi que je brûle. »

Ça, c'était très sérieux.

Il répéta au gendarme : « Il sortira, ne bougez pas. Il partira, ne bougez pas. Je sortirai. Quand je serai sorti, va chercher ton collègue qui est derrière la maison et tous les trois, emboîtez-moi le pas. Repos. C'est tout. »

Il assura son bonnet de police et il lissa le collet de son manteau. Il traversa la rue, frappa à la porte. On vint lui ouvrir (il ne fut pas possible de voir qui était venu lui ouvrir) et il entra.

Il leur fallut très peu de temps pour être d'accord. Langlois dut mener son affaire tambour battant.

Au bout de, mettons, deux minutes, pas plus, la porte s'ouvrit. J'avoue que ma respiration s'arrêta. Et je vis l'homme de face. Il me sembla qu'il avait un air familier.

Langlois n'avait pas besoin de me faire tant de recommandations et de secouer ma cravate. Je n'avais certainement ni envie de crier ni de tirer (Frédéric II oubliait, en disant ça, qu'il n'était pas armé) ni de courir derrière lui. Je m'attendais à voir ce que je n'avais jamais vu. C'était un homme comme les autres! Même, je vous le répète, il avait un air familier. (C'était en effet, comme il le sut plus tard, celui avec lequel, pendant l'orage, il était resté accroupi dans le cagibi aux engrenages.)

Pourtant, c'était celui-là. Je le reconnus au pas qu'il prit : ce pas de promenade qui, partant du hêtre, m'avait tiré à travers le Jocond et l'Archat. Et duquel, maintenant, il remontait paisiblement la rue, se dirigeant vers la place de l'église, comme s'il allait faire un tour.

Le temps qu'il se soit avancé comme ça de, mettons cent mètres, et Langlois sortit. Il nous jeta un regard féroce, bien que le gendarme et moi soyons rencognés dans notre coin de porte comme deux petits lapins. Et il emboîta le pas à l'homme.

Nous exécutâmes ses consignes à la lettre ; et, les deux gendarmes et moi, nous emboîtâmes le pas à Langlois. Ainsi nous voilà à cent mètres les uns des autres, à nous en aller paisiblement d'un pas de promenade que réglait celui qui, là-bas devant, était en tête.

Il était de très bonne heure, mais le maréchal-ferrant allumait sa forge. Quand l'homme passa devant lui, il était justement en train de jeter ses cendres dans la neige. Ils se dirent bonjour.

Comment pouvait-on imaginer que celui qui arrivait derrière, en manteau de cavalerie et bonnet de police, pouvait avoir un rapport quelconque avec ce promeneur matinal ? Et nous, à deux cents mètres de là, encore moins. Et pourtant, voyant que nous reprenions la rue par laquelle lui et moi étions arrivés, je me demandais où nous allions comme ça.

Nous dépassâmes cette ferme qui, la première, avait surgi des solitudes la veille. Elle était là, avec son béret de neige tiré sur son œil ; pareille à ce qu'elle était. Il n'y avait que l'homme et moi qui marchions à rebours. Et Langlois avec son bonnet de police.

Nous avions repris le chemin forestier. Et les détours nous masquaient parfois l'homme, parfois Langlois. À un de ces détours nous avons trouvé Langlois arrêté. Quand nous arrivons à sa hauteur il nous dit : « Halte ! »

Là-bas, en face, à une cinquantaine de mètres, l'homme, debout, adossé au tronc d'un hêtre, nous regardait.

Nous sommes restés ainsi un petit moment face à face, à travers cinquante mètres. Puis, Langlois s'est avancé, pas à

pas, jusqu'à être à trois pas en face de l'homme. Là, ils
eurent l'air de se mettre d'accord, une fois de plus, l'homme
et lui, sans paroles. Et, au moment où, vraiment, on n'allait
plus pouvoir supporter d'être là, où l'on allait crier : « Alors,
qu'est-ce que vous faites ? », il y eut une grosse détonation et
l'homme tomba. Langlois lui avait tiré deux coups de pistolet dans le ventre ; des deux mains, en même temps.

— C'est un accident, dit Langlois.

Quant à lui, en rentrant chez nous, il trouva la lettre de
démission qu'il avait commencé à rédiger ; il ajouta :
« Manque de sang-froid regrettable dans le service... détentes
de pistolets trop usées qu'un examen soigneux des armes
aurait dû déceler ont causé ce terrible accident pour lequel je
suis sans excuse. »

Il mit sa lettre sous enveloppe et l'envoya.

J'ai eu de longs échos de ce Langlois par la suite. À une
certaine époque, il y a plus de trente ans, le banc de pierre,
sous les tilleuls, était plein de vieillards qui savaient vieillir.
Voilà ce qu'ils me dirent, tantôt l'un, tantôt l'autre.

« Ici, le travail nous guérit de tout, dirent-ils, et, un an
après, en 46, il fallut faire effort pour reconnaître Langlois
qui retournait chez nous. Il est vrai qu'il était changé. »

C'était vers la fin du printemps, au crépuscule du soir. Un
très beau crépuscule que nous avons souvent : gentiane et or.
On se préparait aux grands travaux de l'été et, présentement,
on farfouillait un tout petit peu dans les jardins potagers au
lieu dit Pré-Villars, dans la boucle de la route de Saint-
Maurice. À cet endroit-là, la route débouche d'une tranchée,
au-dessus d'une cuvette dans laquelle tout le village a ses
potagers, et, pour aller entrer au village, la route fait le tour
de cette cuvette, presque un rond complet.

Il ne s'agissait pas, ni à cette heure ni en cette saison, de
travaux rapides ou qui accaparent votre attention ; c'étaient

des rigoles d'arrosage qu'on faisait, ou bien on buttait ; ce qui permet de lever souvent la tête. Surtout dans ces beaux soirs de velours.

C'est ainsi qu'on vit déboucher de la tranchée un cavalier qui venait de Saint-Maurice. Il montait un cheval vraiment très attirant dans lequel on sentait beaucoup de nerfs, de courbettes et de pétarades que le cavalier dominait fort bien, n'en laissant passer d'entre ses jambes que juste ce qu'il fallait pour une très jolie parade. Le cavalier avait une redingote boutonnée jusqu'au cou, sanglée très étroit, sans brandebourgs mais un gibus-tromblon d'une insolence rare. Les dimensions, les courbures, le poil, la façon dont il était posé de côté, quoique un peu sur le front, l'habileté qu'il fallait pour le porter en équilibre constant dans les voltes et passe à droite du cheval, faisaient de ce chapeau comme un coup de pied au cul collectif et circulaire à tous ceux qui le regardaient.

Vous pensez bien qu'on ne le perdit pas de l'œil pendant qu'il tournait avec la route autour de Pré-Villars. Nous n'avions pas l'habitude d'être ainsi chatouillés sur nos terres. On se dit : « En voilà un ! », on ne savait pas de quoi, mais c'en était un sûrement.

Non, ça n'en était pas un : c'était Langlois. On le fêta mais il rompit les fêtes avant qu'on puisse lui frapper sur l'épaule ; ce qu'on aurait bien aimé faire. Et à peine s'il dit trois mots à Frédéric II qui s'était claqué les cuisses en le voyant. Trois petits mots, et ça n'était ni bonjour, ni bonsoir et inattendus à un point qu'on fut même incapable de dire ce que c'était qu'il avait dit. Il tourna les talons, pénétra dans la cuisine de Saucisse, ferma derrière lui la porte vitrée à travers laquelle on le vit prendre l'escalier qui montait à la chambre qu'il avait précédemment occupée. Saucisse même le regarda avec étonnement.

Il était en effet bien changé. Il n'était pas question de disgrâce et de rancœur car, dès le lendemain de son arrivée,

toujours coiffé de son gibus (dont nous nous disions :
« Quand même, pour nous il aurait pu mettre un autre
chapeau ! ») il alla rendre visite au maire pour lui notifier
les patentes par lesquelles il était nommé commandant de
louveterie.

Voilà de nouveau des choses bizarres ! Car, on avait bien
vu dernièrement un lieutenant de louveterie (il était venu
avec l'ingénieur des mines de La Mûre et un chocolatier de
Grenoble, soi-disant pour une battue aux sangliers qui s'était
transformée finalement en une partie de miroir aux alouettes
suivie d'un dîner de garçons) mais on n'avait jamais vu de
commandant. De plus, ce lieutenant habitait Mens, ce qui, si
M. Barrême n'était pas un plaisantin, obligeait le commandant à loger au moins à Grenoble, n'est-ce pas ? Et dans les
beaux quartiers. Tandis que celui-là (qui était Langlois) dit
au maire sa formelle intention d'habiter ici : chez nous.

Nous ne sommes pas fiers de peu, d'habitude ; et même,
quand il y a des occasions de fierté, nous les tournons et
retournons une bonne douzaine de fois avant de décider que
ça en vaut le coup. Mais, cette fois-là, on avait bien l'impression que ça en valait le coup. Même quand on eut vu que
Langlois continuait à prendre pension chez Saucisse.

D'ailleurs, on s'était rendu compte que la redingote,
quoique sans fioritures, était de drap fin ; qu'elle pouvait être
remplacée par une veste de buffle, plus souple qu'un linge ;
que les culottes étaient de droguet de Montmélian ou d'un
velours d'Annecy à faire loucher. Il avait encore des bottes
impeccables qu'il salissait imperturbablement ; qui lui faisaient le pied plus petit que celui d'une femme ; et surtout
trois grosses casquettes à oreillères : une en drap anglais, à
carreaux, une en bure et une en loutre, beaucoup plus ami-
cales pour nous que le gibus-tromblon qu'il continua cependant à porter le dimanche. En outre, on faisait courir le bruit
qu'il n'était chez Saucisse que d'une façon tout à fait provi-
soire et qu'il avait l'intention de faire construire un pavillon
— (un *bongalove*, paraît-il) — dans un endroit charmant ;

enfin, dans un endroit où nous n'allions jamais, qui domine de très haut les vallées basses, d'où on peut apercevoir, quand c'est l'époque, le parapluie bleu du colporteur au moins huit jours avant qu'il arrive ici.

Costumes incontestables ; on les voyait. Projets qui ne s'accordaient pas du tout avec le visage de Langlois. Du temps de la chose, il nous avait fait pas mal de discours, soit pour nous rassurer, soit pour nous « *passer des savons* ». Maintenant, il ne parlait presque pas. Frédéric II par exemple : il ne le saluait que de la main, sans un mot quand il le rencontrait. L'autre qui avait une envie folle de l'emmener chez lui boire un coup pour reparler de cette nuit et de ce matin à Chichiliane, hé ! n'est-ce pas ?... Qu'est-ce que vous en dites ? Et de lui taper sur les genoux. À ceux qui étaient sur la place de l'église à faire boire les bêtes ou à bâiller, quand il passait il disait un ou deux mots rapides. Il n'était pas insociable. L'ancien Langlois évidemment, si on nous avait dit : il viendra habiter ici, on aurait imaginé tout de suite : il jouera aux quilles, il jouera aux boules, il jouera à la manille ; on finira par l'appeler Langlois tout court. Mais, sans cette familiarité, il n'était ni fermé ni hautain et aucun de nous n'a jamais pu penser que son grade de louveterie avait pu lui monter à la tête. Il s'arrêtait souvent avec les uns, avec les autres, même avec Frédéric II. Il disait : « Alors, ça va ? » C'était tout, bien sûr ; mais, au bout d'un mois qu'il était là, on trouvait que c'était déjà pas mal.

Pour dire comment il était, il y a deux mots : l'un monacal et l'autre militaire. Le premier, c'est austère. Il était comme ces moines qui sont obligés de faire effort pour s'arracher d'où ils sont et venir où vous êtes ; imiter les rires et les mots auxquels vous êtes habitués ; avoir la politesse ou le mépris de ne pas trop vous surprendre. Le second mot qui dépeint bien, ensuite, comment était devenu Langlois, c'est cassant. Il était cassant comme ceux qui ne sont vraiment pas obligés de vous expliquer le pourquoi et le comment; et ont autre chose à faire qu'à attendre que vous ayez compris.

Sur ces nouvelles nécessités, il y avait toujours sa très fine, très soyeuse et très souple petite moustache; et son œil noir, fixe, qui faisait encore bien plus trou qu'avant dans ce qu'il regardait. C'est pourquoi, quand on eut compris que c'était à prendre ou à laisser, qu'il n'y avait pas de chances de le voir jamais se détendre et que ça devait être sa nouvelle façon à lui d'être détendu et de s'arrondir, on accepta la chose, comme on accepte ici toutes les choses qu'on est obligé d'accepter; c'est-à-dire paisiblement. Il nous avait rendu tellement de services qu'on aurait pu être ingrat bien facilement. Peut-être le fut-on un tout petit peu, mais c'est que nous avons, nous aussi, pas mal de choses à faire. En tout cas, chaque fois qu'il s'adressa à quelqu'un pour lui demander si ça allait, on lui répondit toujours fort gentiment que ça allait.

Par contre, on devint très familier avec le cheval. Dès le lendemain de son arrivée, Langlois s'était emparé d'une écurie désaffectée appartenant au Café de la route, attenante à la salle de consommation et dans laquelle Saucisse entreposait des caisses de bouteilles de bière. Il coltina les caisses jusque sous un appentis que, sans mot dire, Saucisse mit ensuite en état le jour même, clouant des planches pour le clore et lui faire une porte. Saucisse s'en alla également acheter la paille et le fourrage. Et c'est dans cette écurie que Langlois installa son cheval et sa sellerie. Il passa sa journée lui aussi à scier et à clouer. On ne le savait pas encore commandant. Il était bien allé déjà se présenter au maire mais le bruit ne s'était pas encore répandu. Quand il se répandit et qu'en même temps il fut permis à tout le monde de voir ledit commandant scier et clouer la planche, installer les gourmettes, manier le balai de bruyère, balancer les seaux d'eau et, finalement, s'asseoir au montoir pour fourbir le harnais, on trouva tout ça bien sympathique. Et comme, d'après ce que je vous ai dit, on n'eut guère l'occasion de manifester cette sympathie à l'homme, on la manifesta au cheval. D'autant que c'était un cheval qui faisait tout pour faciliter les choses.

C'était un cheval noir et qui savait rire. D'habitude, les chevaux ne savent pas rire et on a toujours l'impression qu'ils vont mordre. Celui-là prévenait d'abord d'un clin d'œil et son rire se formait d'abord dans son œil de façon très incontestable. Si bien que, lorsque le rire gagnait les dents, il n'y avait pas de malentendu. La porte de son écurie était toujours ouverte. Il n'était jamais attaché. Quand il avait envie de sortir ou de voir du monde il poussait sa porte et apparaissait sur le seuil d'où il faisait, avec son regard, le tour de l'honorable société qui prenait le frais sous les tilleuls ou qui vaquait. S'il reconnaissait quelqu'un qui lui plaisait plus particulièrement il l'appelait d'un ou deux hennissements très mesurés, semblables à des roucoulements de colombe. Et si celui-là, alors, levait les yeux et lui disait un mot gentil (ce qui était toujours le cas) le cheval s'approchait de lui à pas aimables, très cocasses, très volontairement cocasses, casseurs de sucre et un peu dansants, pour venir poser la tête sur son épaule. C'est parfois là qu'il riait, si on lui grattait un peu le front ou bien s'il comprenait que son maître arrivait car, dans ces cas-là, comme on ne savait pas, au début, si la chose était agréable au commandant, on n'osait pas poursuivre les caresses et on reculait la main ; mais le cheval se mettait doucement à rire et remettait de lui-même et d'autorité le front sous la main. D'ailleurs, Langlois lui disait : « Ah ! coquine » (cependant c'était bien un cheval et non une jument) et il y avait dans le ton de voix de Langlois une grande affection qu'on avait un peu le droit de croire répandue, au-delà du cheval, sur celui qui le caressait, sur ceux qui étaient là, assis sur le banc de pierre du tilleul ; car Langlois ne disait que ces mots-là mais regardait tout le monde. Le cheval avait encore d'autres manières, toutes plus gentilles les unes que les autres, toutes dirigées avec une grande intelligence vers ce besoin d'aimer que tout le monde a. Il suivait ses amis. S'il en voyait qui s'en allaient, soit au bureau de tabac, soit chez des voisins, chercher des outils ou se faire prêter des ustensiles, il les accompagnait, venait se mettre à côté, frottait son museau contre les vestes; puis, à leur pas, faisait route avec eux, histoire, semblait-il, de passer un petit moment avec quelqu'un pour qui il avait de l'affection. Quelquefois, de ce temps, il les amusait d'un petit roucoulis de colombe, d'un petit pas espagnol, d'un mouvement de tête calculé pour faire mousser cette crinière soyeuse qu'il avait, toujours peignée recta et propre comme un sou. Il avait des attentions pour tous. On pouvait lui demander un service. Au début, bien sûr, on n'osa pas, on se contenta de profiter de sa gentillesse. On se méfiait de cette humeur de Langlois. Non pas qu'il soit de mauvaise humeur mais, je vous l'ai dit, n'ayant presque pas de contact avec nous, on ne pouvait guère savoir s'il verrait d'un bon œil qu'on se serve de son cheval. Mais, à la longue, on se rendit compte qu'il l'avait laissé libre, qu'il comprenait fort bien sa façon d'être et que, par conséquent, du moment que de lui-même le cheval se proposait à donner le petit coup de collier qui tire droit dans la montée de Pré-Villars, ou les cinq minutes qu'il faut pour charrier une benne de la fontaine à l'étable, il n'y avait qu'à accepter ces petits services aussi simplement qu'il les offrait.

Souvent donc, si le cheval n'était pas sur le seuil de son écurie pour guetter et saluer ses amis, et si l'on avait besoin de lui, on entrait chez lui et on demandait : « Oh! Est-ce que tu es là? » Il répondait de son petit cri de colombe et il venait. On ne savait pas son nom. Personne n'avait osé le demander à Langlois. Et personne n'avait osé lui mettre un nom de chez nous. Tous nos chevaux s'appellent Bijou ou Cocotte. Ça ne lui convenait pas du tout. On avait vraiment beaucoup plus de respect et beaucoup plus d'amitié que ça;

et d'estime. Quand on lui parlait, on faisait évidemment la voix tendre, mais on aurait bien aimé avoir un nom à ajouter aux bonnes paroles, à glisser par-ci par-là dans les remerciements, histoire de lui faire comprendre qu'on était sensibles et touchés. Mais, trouver un nom qui lui convenait, ça, naturellement, c'était en dehors des choses possibles ; et savoir comment Langlois l'appelait était dans le domaine des choses impossibles. Quand Langlois sortait avec lui, c'était l'impassibilité et le froid ; il le faisait obéir rien qu'avec ses genoux. S'il lui parlait jamais, c'était dans l'intimité et ça, non seulement ça ne nous regardait pas, mais encore tout était fait pour nous le rappeler à chaque instant. Alors, quelques-uns l'appelaient cheval, tout simplement ; mais on en vint, peu à peu, en cachette, et quand on était bien sûr de n'être entendu que par nous autres et par lui, on en vint à l'appeler à mi-voix : « Langlois » bien plus simplement encore car, somme toute, il faisait avec nous tout ce que Langlois ne faisait pas.

Il n'avait qu'un défaut : il était sévère avec les bêtes. Il ne riait jamais, il ne roucoulait pas, ni à un autre cheval ni à une jument. Il ne les regardait même pas. Il les côtoyait, impassible, pour venir vers nous. Il aimait au-dessus de sa condition.

Langlois, le lendemain même de son arrivée, fit donc cette visite au maire pour montrer ses patentes et, à peu près un mois plus tard, il fit une autre visite.

On en eut des échos par la sacristine, cette Martoune dont je vous ai déjà parlé. « Le beau masque, dit-elle, j'avais bien vu qu'il me suivait. »

Suivre Martoune n'est pas de la petite bière ! Elle a soixante-dix ans et ceci n'est rien, mais d'abord elle est bossue et, ensuite, elle s'est tellement fourré de tabac à priser dans le nez qu'elle en a la bouche constamment ouverte depuis plus de trente ans ; avec, bien entendu, tout le ravage que l'air d'ici peut causer dans une bouche ouverte. Horrible

à voir ! Suivre Martoune, en culotte de droguet de Montmélian et bottes souples comme un mouchoir ! Ah ! non !

— Riez comme des peignes, dit-elle, si je vous le dis c'est
que c'est vrai. Je n'ai pas d'intérêt à vous le dire. Bref, elle
prétendit qu'il y avait plus de trois semaines qu'elle suivait
le manège. Il s'était posté sous les saules, en face de la porte.
C'était un, mettons mardi. Elle alla planter sa chèvre dans un
pré. Il la regarda faire. Elle alla faire diverses petites choses
par-ci par-là. Il la suivit de l'œil partout. Quelquefois même
il quitta l'abri des feuillages de saules pour la suivre vraiment, de loin, pas à pas. Mercredi, jeudi, et Martoune qui
n'est pas bête (si je vous racontais la jeunesse de Martoune...) s'aperçoit que Langlois quitte l'abri des saules pour
la suivre chaque fois qu'elle va du côté de l'église. Elle se
dit : « Attends mon beau ! » Et en effet, le samedi, elle fait
un nettoyage dans l'église et, le samedi, recta, Langlois lui
emboîte le pas. Pour ce samedi-là c'est tout. Le samedi, Martoune passe un chiffon humide sur la Sainte Vierge et un
chiffon sec sur le Christ qui est en plâtre et dont le sang tient
à peine : à chaque instant, il faut que M. le curé refasse les
gouttes avec le pinceau. Elle aligne les chaises après avoir
balayé dessous. Mais, le lundi, elle « *fait la sacristie* » autant
que possible de fond en comble. Ça signifie que, non seulement elle brosse, secoue et range les vêtements dont M. le
curé s'est servi le dimanche, mais encore qu'elle fait prendre
l'air à toute la garde-robe, car le placard qui la contient est
au nord, sous l'ombre du grand chêne : il moisit vite les
affaires.

Le lundi donc, elle avait installé les quatre belles chasubles : la mauve, la rose et verte où sont brodées au fil d'or
des roses avec leurs feuilles, exactement comme vivantes
(elle a été donnée à la paroisse en 27 par le couvent des Pré-
sentines où il y a toujours des brodeuses extraordinaires), la
dorée (elle est si belle que M. le curé n'ose pas la mettre) et
la blanc et bleu, celle des osties et des bleuets, la courante

(qui s'élime et que Martoune surveille attentivement). Pour la surveiller justement elle s'était approchée de la petite fenêtre grillée qui donne sur le pré de Carles. Elle entendit un petit bruit dehors et elle se dit : « Ah ! te voilà ! » Elle se mit alors un peu en retrait et, en effet, elle vit passer une ombre puis repasser une ombre, puis enfin une main qui se mit à la grille (cette petite fenêtre n'est pas même à hauteur d'homme ; elle m'arrive ici, à moi, à la poitrine). C'était la main de Langlois. Elle la reconnut à la grosse bague d'argent qu'elle portait.

Martoune est intelligente, comme je vous l'ai dit, mais peut-être pas pour tout. Malgré son âge, sa bosse et ses chicots, elle s'était mis dans la tête qu'elle pouvait faire un peu la donzelle. Elle resta cachée.

— Hé là-dedans ! dit Langlois, alors quoi ? Tu te fous du monde ? Amène un peu tes abattis, d'une voix qui fit immédiatement sortir Martoune de son coin d'ombre. Langlois regarda les vêtements sacerdotaux exposés sur le dossier des prie-Dieu.

— Ils sont tous là ? demanda-t-il.

— Oui, dit Martoune.

— Il n'y en a pas d'autres ?

— Non, il n'y en a que quatre.

— Montre-moi un peu mieux celui-là, dit Langlois, passant à travers les barreaux de la fenêtre un index pointé vers la chasuble rose et verte. Ce que Martoune se dépêcha de faire.

— Et la dorée. Elle lui montra la dorée. Langlois avait encadré son visage dans un carré des barreaux et regardait très attentivement.

— Allez, dit Langlois, sors-moi les ostensoirs. Ah ! ça, Martoune dit que, de sa vie, elle n'avait touché l'ostensoir ; que d'ailleurs il n'y en avait qu'un ; qu'il était enfermé dans le tabernacle et que, seul, M. le curé s'en occupait.

— Parole d'honneur? demanda Langlois, mi-figue mi-
raisin.

— Parole d'honneur, monsieur le commandant, dit-elle. Il
eut l'air de tiquer sur le titre (qu'elle lui donnait pour faire sa
cour, à la façon des vieillards). Il la transperça de deux ou
trois coups d'œil assez mauvais et il s'en alla.

Le soir même il faisait une visite à M. le curé. Visite,
celle-là, dont rien ne transperça. Tout ce qu'on sut, c'est que,
pour aller du Café de la route à la cure, il y a deux cents pas;
Langlois s'étant mis dès trois heures de l'après-midi en
redingote serrée et gibus-tromblon sella son cheval, le monta
et fit ces deux cents pas en grand uniforme, sur un cheval
tenu si serré qu'il dansait sur place en faisant l'hippocampe.
Cette sortie eut naturellement beaucoup de succès.

On nota d'ailleurs qu'il resta à peine une heure à la cure et
qu'ils sortirent alors tous les deux, M. le curé et lui, pour
aller à l'église où ils entrèrent. Le cheval, abandonné à lui-
même, revint tout seul à l'écurie, mais il ne s'arrêta pas avec
ses amis, il se contenta de les saluer au passage par un petit
roucoulis. Il avait l'air, comme nous, de se demander ce que
signifiait cette cavalcade.

À la longue, on prit l'habitude de se dire que, en ce qui
concernait Langlois, rien ne signifiait rien.

Cette visite si spectaculaire à la cure, par exemple, zéro et
triple zéro. Il reste à peine une heure alors qu'on sait que,
M. le curé, s'il a de la visite, il n'y a plus moyen de s'en
dépêtrer; ils sortent tous les deux; ils vont à l'église. Là ils
restèrent, mettons à peu près vingt minutes (et on sait ce
qu'ils y firent: M. le curé ouvrit le tabernacle et lui montra
l'ostensoir: un point c'est tout. Langlois regarda et, après
avoir regardé, s'en alla). Vingt minutes, puis Langlois sortit
de l'église et, un peu après, M. le curé aussi. Et barca,
comme aurait dit Langlois, car jamais plus on ne vit Langlois
à l'église, ni pour des messes, ni pour des vêpres, ni pour
rien. Et quand, par la suite, il rencontra M. le curé sur la

route ou dans le village, il ne le salua que du salut qui nous était indistinctement dédié à tous : de la main, sans un mot.

Si on avait été méchants, je vous assure qu'on n'aurait pas manqué de raisons de méchanceté. Car, réfléchissez : il nous avait rendu un si grand service ! Il me semble que, naturellement, on aurait dû en avoir vite assez de le trouver toujours dans nos jambes avec son air fermé. Mais cet air ressemblait trait pour trait à celui qu'il avait eu souvent pendant l'histoire et, notamment, quand il essaya de démêler le vrai du faux dans la mort de Delphin-Jules. Et, il faut bien le dire, c'est ce qui nous ramenait à de meilleurs sentiments car, en songeant aux hivers précédents, on avait encore quelques petites aiguilles de glace aux moustaches.

D'ailleurs, il faut encore dire autre chose : Langlois avait l'air d'être très apprécié par les gens d'en bas, c'est-à-dire les gros bonnets.

Quand on sut qu'il s'installait parmi nous, en même temps que cette fierté dont je vous ai parlé (et sans qu'elle en soit diminuée, au contraire), on disait : « Il doit être en disgrâce. On a dû lui donner son commandement comme un os à ronger à cause de ses médailles, de son plastron, de sa jambe, de son œil noir dont le regard est si difficile à soutenir, mais on a dû lui faire comprendre qu'il ne commanderait jamais qu'à Pampelune. »

Non ; au contraire. Vers la fin de l'été arriva, sur la route du col, un cabriolet entièrement passé à la pâte à sabre ; il y avait plus d'une heure qu'on le voyait monter à travers les arbres, plus luisant qu'un scarabée. Et quand il s'arrêta près des quelques-uns d'entre nous qui moissonnaient, on vit encore la chose la plus drôle : c'est qu'il portait dans son dos, derrière sa capote, un *groom* qui descendit pour nous demander un renseignement : « Est-ce qu'on connaissait le commandant Langlois ? » Oui, mais, vous vous rendez compte qu'on ne va pas répondre à ça tout de go quand on est en train de moissonner et qu'on vous prend ainsi à l'improviste. Il faut bien un peu réfléchir si on dit oui ou si on dit non. Comme on regardait ce voiturin qui semblait sortir de l'œuf et le *groom* qui luisait encore pire, voilà que le patron lui-même met pied à terre, sans doute pour nous aider à nous décider. Et nous fûmes décidés tout de suite car c'était le procureur royal. Il n'y avait pas à s'y tromper : il était célèbre jusque dans les massifs les plus désertiques et c'étaient bien ses favoris blancs et ce ventre bas qu'il portait devant lui à pas comptés comme un tambour.

Alors, on lui donna même un petit garçon pour le conduire jusqu'au village en nous disant : « Quand il verra que son commandant loge chez Saucisse ! » Mais, quand on rentre du travail, on trouve ce procureur et notre Langlois qui se promenaient sous les tilleuls de notre placette, admirant nos beaux arbres, tendant la badine en direction du bas pays qu'on découvre tout entier de là, presque à pic ; désignant ainsi quelque belle ferme d'en bas dont ils parlaient ou dessinant quelques chemins qu'ils avaient suivis ou qu'ils allaient suivre : enfin, amis comme cochons. Ils dînèrent ensemble chez Saucisse qui leur prépara un petit repas bien relevé.

Longtemps après, on sut vaguement ce dont ils avaient parlé ce soir-là : si ç'avait été une visite banale, ou une visite de procureur royal, et si elle avait été faite à un capitaine de gendarmerie en disgrâce, ou à un commandant de louveterie bien en cour. En effet, à un moment donné, après la conclusion tragique de l'histoire que je vous raconte, cette femme surnommée Saucisse arriva à un point où elle ne put plus contenir son chagrin et elle parla d'abondance pour se soulager, pour faire revivre. Elle parla de Langlois ; et le ton qu'on a pour parler de Langlois maintenant : ce ton amical, somme toute, que j'ai pour vous en parler, vient en grande partie de tout ce qu'a raconté finalement cette femme surnommée Saucisse.

On ne voit jamais les choses en plein. Si l'on n'avait vu que la hauteur et le silence de Langlois, on aurait pu en garder de l'aigreur. Le reste, quand on y pense, c'était tellement sympathique ! Bien du Langlois qui engueulait Anselmie et (le moins rigolo de l'histoire) l'ensemble de tout ça, c'est tellement une chose qui nous pend au nez à tous !

La visite que faisait ce procureur royal n'était destinée ni au capitaine ni au commandant. On avait l'impression (d'après Saucisse) qu'elle était destinée à un bon ami ; un ami à qui on n'avait rien à refuser. À un moment même, ce procureur royal qui était si imposant se mit à dire des bêtises. Sans doute pour dérider notre Langlois : « *Méfiez-vous de la vérité,* dit ce procureur (paraît-il), *elle est vraie pour tout le monde.* » (Pas besoin d'aller à l'école jusqu'à vingt ans pour trouver ça.) Et d'ailleurs, après ce *bon mot,* Langlois, en effet, se dérida. Il lui en fallait peu, n'est-ce pas ?

À part ça, ils devaient être en affaires tous les deux. Souvent, ces procureurs s'intéressent en sous-main à des coupes de bois et même (mais de petits procureurs alors) à des tannages de peaux de renard, de blaireau ; histoire de mettre quelques girandoles de plus à des bals qu'ils donnent dans les villes. Il paraît que c'est pour marier leurs filles. Car Saucisse qui, sans faire semblant de rien, n'en perdait pas une (comme elle a été attentive autour de Langlois !), Saucisse entendit Langlois qui disait : « Tout me passera dans les mains, soyez-en sûr. »

C'est ce soir-là qu'ils durent prendre tous les deux une décision dont nous vîmes les effets un mois après.

Ce corps de louveterie est un drôle de corps. Il y a des lieutenants qui sont recta et font un gros travail, en accord d'ailleurs avec les égaux en grade du corps des forestiers. Non seulement ils s'arrangent (ou doivent s'arranger) pour détruire les « *nuisibles* » mais ils doivent protéger les « *utiles* ». Je parle des bêtes. Par exemple, les nuisibles ce sont les renards, les sangliers, les blaireaux, les fouines, les martres et les loups naturellement : les sanguinaires. Les utiles ce sont les chamois, les daims, les biches ; les cerfs

étant, selon la saison (d'amour ou de pas amour), classés
alternativement dans les *nuisibles,* puis dans les *utiles.* Je ne
veux pas dire que les lieutenants prennent ça très à cœur,
mais enfin, ils devraient. En tout cas, au-dessus des lieutenants, il y a des capitaines, et ceux-là alors ils ne foutent pas
une rame, car ils sont purement honorifiques. Si bien que,
par exemple, dans nos hautes régions scabreuses où les *nui-*
sibles pullulent dans des terrains qui ne sont pas précisément
destinés à des premiers communiants, il n'y avait jamais eu
de capitaine de louveterie. On s'en tenait au lieutenant ; car il
fallait ici quelqu'un qui soit assez sûr de son coup de carabine, même un jour de semaine. N'oubliez pas qu'il y avait
des ours au col du Rousset et dans la forêt de Lente ; et des
loups un peu partout. On nommait des capitaines dans les
vallées, du côté de Pontcharra, même plus haut jusqu'à
Ugine, dans des endroits de « *figuration* ». C'était généralement un gros électeur influent et qu'on savait ambitieux ; ou
bien des châtelains un peu romanesques qu'on nommait
capitaines de louveterie. Cela les autorisait à avoir un *train* et
même un uniforme. Et, quand ils en avaient envie, ils pouvaient parader comme des césars. Ce qui est un fameux exu-
toire et facilite la diplomatie de préfecture.

Si notre procureur royal avait eu envie de dire une autre
bêtise, il aurait pu en dire une bien véritable : c'est qu'ici, il
y avait trop de travail de louveterie pour qu'on songeât
jamais à y nommer un capitaine. Cependant Langlois et lui y
songèrent et ils durent faire des pieds et des mains car, envi-
ron un mois après le fameux dîner chez Saucisse, on apprit
que notre voisin de Saint-Baudille, Urbain Timothée, avait
été nommé capitaine de louveterie.

Ce n'était pas un gros électeur ; on ne pouvait pas dire non
plus que c'était un châtelain romanesque. En l'occurrence,
romanesque était un tout petit peu insuffisant. C'était un
guadalajara comme on appelle ici ceux qui sont allés faire
fortune au Mexique. Il en était retourné avec beaucoup de

pesos, cela ne faisait aucun doute, mais aussi avec un « *coup de bambou muscat* ».

Extérieurement, c'était un petit homme haut comme deux pommes et demie, bien proportionné dans sa petitesse, tellement qu'on l'eût pris pour un garçonnet sans sa mouche de barbiche blanche et le plus extraordinaire carrelage de rides qu'on ait pu porter sur une peau jaune. Vif ? C'est-à-dire que, malgré ses soixante ans, il était en une sorte de poudre qui le faisait exploser à tout bout de champ, le projetant si violemment en poussière, que, là, en face de vous où il était à l'instant, il n'y avait plus rien ; il se recomposait peu à peu pendant que vous vous frottiez les yeux, prêt à un nouveau départ à la Jules Verne.

Sa femme, plus âgée que lui, était une créole toujours belle et lente comme un après-midi de fin juin.

Au début, on l'avait prise ici pour une sauvage, mais, pas du tout. Elle sortait, paraît-il, d'un couvent espagnol très célèbre qui donnait l'éducation supérieure à toutes les filles de bonnes familles du Mexique ; dans un drôle d'endroit pour des jeunes filles, paraît-il, près d'un volcan et d'un glacier. Enfin, pour ces choses de l'autre monde, nous, vous savez, nous disons beaucoup de bêtises. Mais, je sais que, lorsque Mme Timothée (nous l'appelions Mme Tim) arriva dans le pays (elle avait alors près de la soixantaine ; elle en paraissait vingt, mettons trente), on en parla beaucoup. Vous imaginez : cette femme en marbre bleuté, ces yeux qui mettaient un temps infini pour battre ; comme le soleil qui se couchait ! C'est alors qu'on fit courir le bruit de ce couvent près d'un volcan, j'en suis sûr ; glacier, je ne crois pas. Je crois qu'on n'avait parlé que de neige. Je crois même que c'est Mme Tim en personne qui fit sciemment répandre le bruit :

« Dites-leur, dit-elle, que c'est très haut, très haut, plus haut qu'ici. » Rien que pour l'entendre prononcer ces « très haut, très haut, plus haut », avec son roulement de gorge souple et lent, semblable à l'appel secret des brebis, on aurait répété ce qu'elle aurait voulu. Elle avait peur qu'on la prît pour une femme des déserts chauds.

Elle ne risquait pas qu'on le fasse, car en arrivant ici elle avait encore ses cinq enfants, et c'était merveille! Nous sommes assez grands pour nous rendre compte qu'une femme des déserts chauds ne se serait pas pelotonnée dans ses enfants comme faisait celle-là.

Ses trois filles prirent ici les trois ou quatre ans qui leur manquaient pour être mariées, se marièrent; des deux garçons, un mourut au cours d'un voyage qu'il faisait en Autriche; l'autre occupait une situation à Paris. À bout de sept, huit ans, à peu près l'époque dont je vous parle, Mme Tim était abondamment grand-mère. Les filles occupaient aussi des situations dans les plaines, en bas autour.

À chaque instant, sur les chemins qui descendaient de Saint-Baudille, on voyait partir le messager et, sur les chemins qui montaient à Saint-Baudille, on voyait monter ensuite des cargaisons de nourrices et d'enfants. L'aînée à elle seule en avait six. Le messager de Mme Tim avait toujours l'ordre de faire le tour des trois ménages et de tout ramasser.

C'étaient, alors, des fêtes à n'en plus finir : des goûters dans le labyrinthe de buis; des promenades à dos de mulets dans le parc; des jeux sur les terrasses et, en cas de pluie, pour calmer le fourmillement de jambes de tout ce petit monde, des sortes de bamboulas dans les grands combles du château dont les planchers grondaient alors de courses et de sauts, comme un lointain tonnerre.

Quand l'occasion s'en présentait, soit qu'on revienne de Mens (dont la route passe en bordure d'un coin de parc) soit que ce fût pendant une journée d'automne, au retour d'une petite partie de chasse au lièvre, c'est-à-dire quand on était sur les crêtes qui dominent le labyrinthe de buis et les terrasses, on ne manquait pas de regarder tous ces amusements. D'autant que Mme Tim était toujours la tambour-major.

Elle était vêtue à l'opulente d'une robe de bure, avec des fonds énormes qui se plissaient et se déplissaient autour d'elle à chaque pas, le long de son corps de statue. Elle avait du corsage et elle l'agrémentait de jabots de linon. À la voir au milieu de cette cuve d'enfants dont elle tenait une grappe dans chaque main, pendant que les autres giclaient autour d'elle, on l'aurait toute voulue. Derrière elle, les nourrices portaient encore les derniers-nés dans des cocons blancs. Ou bien, en se relevant sur la pointe des pieds et en passant la tête par-dessus la haie, on la surprenait au milieu d'un encas champêtre, distribuant des parts de gâteaux et des verres de sirop, encadrée, à droite, d'un laquais (qui était le fils Onésiphore de Prébois) vêtu de bleu, portant le tonnelet d'orangeade et, à gauche, d'une domestique femme (qui était la petite-fille de la vieille Nanette d'Avers) vêtue de zinzolins et de linge blanc, portant le panier à pâtisserie. C'était à voir !

Et, si elle vous remarquait, s'étant par exemple demandé ce que regardait de cet air ébahi la petite fille qui vous avait aperçu, elle vous appelait et il fallait obéir. Et pour vous, alors, il ne s'agissait pas d'orangeade, mais le fils Onésiphore courait vous chercher un verre de vin. Et c'était fini, il n'y avait plus moyen de partir ; vous aviez tout de suite deux ou trois enfants sur chaque genou à vous demander de leur raconter des histoires.

Mais, des histoires, nous, on n'en sait pas et, même si on en savait, on ne saurait pas les raconter.

Et on était bien, là, d'être à côté de Mme Tim, si honnête malgré le volcan et le glacier (ou peut-être bien à cause de ça) :

« Vivez bien, nous disait-elle, vivez bien, c'est la seule chose à faire. Profitez de tout. Regardez, moi, si je profite », et, d'un geste lent mais très précis, elle saisissait au hasard un de ses petits-enfants qu'elle se mettait à pitrogner tout doucement dans des caresses sous lesquelles il s'écarquillait tout de suite de bouche, de membres et de rire; et, quand il était ainsi bien ouvert, comme une pêche qu'on a partagée par le milieu, elle se l'approchait du visage (c'était facile avec ses admirables bras) et elle se l'appliquait sur la bouche pour le baiser.

Vous comprenez bien qu'un capitaine de louveterie dont cette femme était la moitié n'était pas pour nous déplaire.

On sut la nouvelle avant les intéressés. C'est quelqu'un qui était allé à Grenoble, je ne sais plus pourquoi, qui nous en rapporta le bruit. Tout le monde était pour, bien entendu. Il y avait seulement ceux qui disaient que c'était vrai et ceux qui disaient que ça n'était pas vrai.

Et Langlois nous écoutait. Enfin, quand il monta son cheval, un beau jour, à deux heures de l'après-midi, on se dit :

— Ça y est, il va aller porter les patentes !

— Eh non! disaient les autres, il n'a pas le gibus.

En effet, il était en veste de buffle et il avait mis sa casquette de loutre car on était fin octobre.

Néanmoins, c'est la route de Saint-Baudille qu'il prit. On alla le regarder du haut de la placette aux tilleuls. Il filait dans la direction, bon train.

J'ai l'impression que, cet après-midi-là, il s'amusa un peu de nous, car, comme sa route le menait, il descendit dans l'Ébron et nous commençâmes à guetter naturellement ce coin de route qui reparaît au-delà de l'Ébron. Et, après qu'on eut compté le temps qu'il faut pour descendre dans le lit de l'Ébron, passer le pont, remonter de l'autre côté, on ne le vit pas reparaître. Nous voilà donc encore divisés sur ces patentes, ce gibus, cette casquette de loutre quand un de nous s'écria :

« Regardez-le, il est là-bas. »

Et il pointa son doigt bien en dehors de la route, dans des prairies à droite où, en effet, il était, montant à travers champs vers le château, et il nous faisait des signes avec son mouchoir :

« Sacrée tête de bûche », dîmes-nous en nous-mêmes, fort contents de ces signes qu'il nous faisait avec son mouchoir, ce qui, somme toute, était amical. Pourquoi était-il ainsi gentil de loin et méchant de près ?

Il rentra, paraît-il, très tard et, ce soir-là, d'après Saucisse, il eut son premier mot de gentillesse. Elle n'avait pas pu se coucher de bonne heure et, après le dernier client parti, elle avait lavé les verres, puis elle avait lavé les bouteilles, puis elle avait essuyé les verres, puis elle avait mis les bouteilles à égoutter ; enfin, elle était venue se mettre au seuil devant le village endormi, devant les tilleuls de la place qui murmuraient comme un ruisseau frais, face à face avec les cent mille étoiles.

Elle entendit trotter mais elle fut trop saisie dans son inconscient bonheur pour avoir tout de suite la présence d'esprit de rentrer et de monter chez elle ; elle y pensa quand il était trop tard : Langlois débouchait sur la place.

« Pourquoi n'es-tu pas couchée ? » dit-il. Elle ne répondit pas et ils entrèrent. Elle avait tant fait qu'elle s'attarda encore, le temps que Langlois ait mis son cheval à l'écurie. Elle se dit :

« Je vais lui donner sa chandelle. Il ne me mangera pas ! » Certes non, au contraire ! Il lui dit : « Il y a bien longtemps qu'on n'a plus parlé de la marche du monde, hé, ma vieille ! Pourtant il marche, ajouta-t-il, on pourrait même dire qu'il court ! »

Il était bel et bien allé à Saint-Baudille ; c'était bel et bien pour les patentes ; Urbain et Mme Tim étaient bel et bien nommés capitaines de louveterie.

Cette louveterie commençait à prendre pour nous une sacrée importance. Ce ne fut qu'un cri — intérieur — pour décider qu'en tout cas Mme Tim on l'appellerait *la Capitaine*. Urbain... eh bien, Urbain, on verrait. Ça dépendrait de sa faculté d'explosion. Il fallait qu'on ait au moins le temps de voir son costume.

Mais, pour si étrange que cela soit, ceux qui avaient décidé la chose étaient de fameux connaisseurs en hommes. Il semble qu'Urbain n'attendait que cette décision pour se solidifier. Il se fit détacher le tailleur du 28ᵉ des chasseurs d'Afrique qui vint à Saint-Baudille avec armes et bagages, resta huit jours pendant lesquels il fit deux choses bien distinctes : il passa ses journées à tailler, coudre et ajuster l'uniforme ; il passa ses soirées à apprendre le cor de chasse au fils d'Onésiphore. C'était horrible à entendre. Ils se mettaient sur les hautes terrasses et le vent d'octobre portait vers nous les rots, les pets et les soupirs à fendre l'âme d'un Jérémie essoufflé. Ah ! On eut de ce côté-là pas mal de soucis pendant deux ou trois jours ; puis le quatrième, le vent d'octobre fut chargé comme d'un miel et d'un vin sombre et on entendit sonner de beaux enrouements modulés. C'est qu'Onésiphore fils avait enfin cédé sa place à un Pierre-le-Brave de Ponsonas, ancien cor de fanfare et qui connaissait tous les secrets de l'instrument.

Vous croyez peut-être qu'avec ses deux pommes et demie de hauteur Urbain eut un uniforme rigolo ? Pas du tout. Pensez à Mme Tim. Elle était là pour tout vérifier d'un œil juste, et M. Tim fut habillé d'une petite veste à la zouave qui fit bomber son peu de poitrine, et de longs pantalons à souspieds, très ajustés sur le mollet et sur les cuisses jusqu'à une ceinture de cuir un peu haute. Ce tout l'allongeait et le faisait paraître plus grand que nature. C'était en drap d'Elbeuf, savonneux et fin, de couleur feuille sèche. La coiffure était un petit feutre tyrolien à plume de faisan.

« Surtout, pas de soulouque, dit Mme Tim au tailleur du 28ᵉ qui voulait des brandebourgs, des fourragères et des épaulettes. » Elle ne voulut même pas que les trois galons du grade soient plus gros qu'un crayon.

Ce qu'elle fit était à la fois très bien et très pratique, pour les taillis, pour la montagne, pour le cheval, pour la pluie, pour la neige car on pouvait mettre des guêtres ou des bottes sur le pantalon et une pèlerine sur la veste ; et très bien pour la parade car il y avait le feutre tyrolien à plume de faisan qui, immanquablement, avantage toujours son homme.

Revinrent les temps noirs de neige, et le froid, et vaguement la peur. Nous n'en menions pas trop large. On ne pouvait pas oublier tout de suite ces temps où nous avions été, pour ainsi dire, comme des moutons dans les claies pour M. V. C'est à ce moment-là qu'il fut très rassurant de voir de la lumière à la fenêtre de Langlois.

D'ailleurs, Langlois eut tout de suite du travail. Il n'était certes plus question, dans ce travail-là, de choses extraordinaires ; il était au contraire question de choses les plus ordinaires du monde. Et de sa nouvelle compétence.

Le temps avait particulièrement soigné, cette année-là, les parties ombreuses de notre territoire. Les parages du Rousset et de la forêt de Lente, les vallons obscurs de Bouvante et de Cordéac furent serrés comme dans un pressoir à vis par des gels qui y écrabouillaient tout ce qu'il y avait de vivant ou le faisaient gicler hors des frontières. Les paysans d'Avers signalèrent des loups.

Ils étaient d'abord venus trotter sans bruit autour des maisons. Ils enlevèrent une oie, démolirent un clapier, estropièrent une chèvre, reniflèrent même les talons du piéton qui portait le courrier et enfin firent un peu de musique nocturne. Les vaches et les chevaux dansèrent la sarabande dans les écuries.

Puisqu'on avait commandant et capitaine de louveterie, à quoi bon endurer ?...

« Certes », dit Langlois, et il en démolit trois ou quatre à la carabine.

C'étaient des louvards de deux ans, déjà râblés et qui avaient eu jusqu'à présent tout à gogo dans leurs forêts de Golconde où personne ne leur disputait les gros lièvres blancs et les oies sauvages. Ici, évidemment, c'est un autre régime : nos oies ne sont pas sauvages et nous ne tenons pas à ce qu'on fasse avec elles comme si elles l'étaient. Puis, nous avons brebis, cabris et veaux, ce qui nous rend très susceptibles.

Les coups de carabine de Langlois le firent nettement comprendre. Les louvards se le tinrent pour dit. Ils étaient d'ailleurs de taille à pister sur de longues distances ; ils se contentèrent, au départ et au retour de leurs chasses, de venir jusqu'à la lisière des bois pour injurier longuement le village.

Mais il n'y avait pas que des louvards.

Une nuit, le sac de foin qui bouchait la lucarne de l'écurie de Fulgence fut tiré, émietté et, au matin, il y avait du joli ! Le cheval et la vache étaient égorgés et l'on avait mangé un peu dans l'un, un peu dans l'autre. Treize brebis étaient éventrées, semblait-il, pour le plaisir de s'agacer les dents dans la laine. Une quatorzième avait été emportée. Les blessures du cheval et de la vache dénotaient une puissante mâchoire et une sacrée décision. Il ne s'agissait plus de louvards. On avait affaire à quelqu'un qui ne s'embarrassait pas de figurer ou non dans les fables de La Fontaine. C'était du travail de vieux routier. Et même de vieux routier qui a quelqu'un à nourrir.

Et, si on jugeait du saut qu'il avait dû faire, brebis aux dents, pour regrimper dans sa lucarne, c'était certainement un monsieur dont il fallait éviter les brisées au coin d'un bois.

À noter que toute l'affaire s'était passée sans un bruit, ce qui indiquait, au surplus, une prodigieuse confiance en soi.

Néanmoins, Langlois pista tout seul pendant trois jours :

« Il est coquet », dit-il finalement à Saucisse, et il fuma quatre ou cinq pipes de file près du poêle.

— Tu as une robe du dimanche ? demanda-t-il ensuite à Saucisse.

— Bien sûr.

— Montre un peu.

C'était déjà l'époque où l'on savait que chez Langlois rien ne signifiait rien. Elle le fit monter dans la chambre et elle ouvrit son coffre. C'était même une très belle robe du dimanche, pas du tout pour ici, ce qui fait qu'on ne l'avait jamais vue, mais qui n'aurait pas déparé les Tuileries, si ce qu'on en dit est vrai.

« Parfait ! » dit Langlois.

Il commença par faire amener ici dare-dare le lieutenant et son piqueur et il les mit de garde à Avers. Lui, il s'en alla chez Urbain. Le soir même, entre les terrasses de Saint-Baudille et les aires d'Avers où le lieutenant avait son poste, commença un dialogue de cor de chasse tout à fait magnifique. À certains moments, le son s'étranglait à vous donner la chair de poule, même en sachant ce que c'était, tant il y avait dans cette musique de menaces ancestrales.

Belle invention, ces cors de chasse !

Je dis bien, car, mieux que n'auraient pu le faire les deux sentinelles, ces fantasias épouvantèrent provisoirement les bois autour d'Avers et Langlois eut le temps de faire ses affaires...

J'imagine que c'est lui qui institua ces duos du soir ; ces appels nocturnes où il y avait tant d'angoisse ; ces réponses où il y avait encore plus d'angoisse ; ces dialogues de grandes voix amères qui discutaient lentement de désespoirs par-dessus les bois ; ces petites dianes de l'aube où sautillait comme un timide trot de cavalier qui ne peut plus s'échapper. Tout ça finalement assez cocardier si on va au fond des choses. Mais, devant les loups dont je vous parle, on n'a guère le temps de couper les cheveux en quatre.

Ce qui suivit, évidemment, fut du même ordre. Mais, n'oubliez pas, vous-mêmes (et cependant on ne peut pas dire que nous soyons mondains avec nos forêts, nos montagnes, notre bise qui vous fait pisser un nez comme une fontaine, nos boues qui nous montent du jarret au genou et du genou à la tête); nous-mêmes nous aimons beaucoup les cérémonies. Et nous avons tout un cérémonial qu'il ne faut pas s'aviser d'ignorer ou de négliger dans les occasions où notre vie le réclame. Essayez d'être un compère de baptême et de ne pas porter la canne à rubans! Si vous êtes garçon d'honneur, négligez voir la tabatière de votre demoiselle. Et moissonnez sans floquer le poitrail des chevaux des torches de paille obligatoires! Et coupez du pain sans croiser la miche! Et je vous en dirai jusqu'à demain. Alors, pour ces travaux mystérieux qu'on fait dans les régions qui avoisinent les tristesses et la mort, pourquoi n'y aurait-il pas un cérémonial encore plus exigeant? Et pourquoi, après tout ce que je vous ai raconté, n'admettrez-vous pas que Langlois était qualifié pour le mettre en branle?

Et il faut reconnaître que ce fut fait de main de maître.

Ce visage silencieux et froid, ces yeux qui regardaient on ne savait quoi à travers les montagnes, recouvraient sans doute la mécanique à calculer sans calcul. Nous apprîmes dans la même heure que, sous forme de prestation communale, nous passions avec armes et bagages sous les ordres directs de Langlois pour une battue générale; que le capitaine, et surtout la capitaine, seraient de la fête, non pas du balcon mais dans les rangs; que le fameux procureur royal, invité par exprès, avait tout quitté pour être des nôtres, qu'il était à une étape du village, ayant couché, la nuit d'avant, au Monetier; que, paraît-il, il n'avait jamais porté son ventre si vite; que, bien entendu, il ne fallait pas s'attendre à le voir rire; qu'il avait, au contraire, l'air assez renfrogné, mais que cette particularité, inhérente à sa fonction, ne devait pas nous inquiéter.

Ce n'est pas tout: il y avait onze cors de chasse qui seraient disséminés dans des lignes de rabatteurs; on disait merveille du costume de la capitaine. Imaginez ce que cette femme pouvait être dans la neige! Enfin, pour le soir même,

nous étions convoqués dans la salle d'école où Langlois en
personne nous mettrait au courant du rôle que nous aurions à
tenir.

Dès six heures nous étions tous là, quatre-vingts hommes :
pères, fils, frères et grands-pères, ravis d'entendre notre Langlois se débrouiller dans tous nos lieux-dits, nos vallons, nos
crêtes, nos haberts, nos jas et nos pistes les plus secrètes. Pas
une erreur, pas un mot de trop, pas une forêt qui soit prise
pour une autre : chaque chose à sa place, chaque itinéraire
balisé pire que pour une revue royale. Les pas tracés
d'avance, les repos indiqués, les sonneries de cors marquées
non seulement dans la minute mais dans l'endroit où elles
devaient éclater.

Et si nous avions cru que notre Langlois avait oublié nos
noms, ah ! je t'en fiche ! Nos noms et notre parentage (auxquels nous tenons comme à la prunelle de nos yeux) sus sur
le bout du doigt !

— Un tel, fils d'un tel, père d'un tel, sera à tel endroit, à
tel moment. Il aura à sa gauche Baculard (il précisait : le fils,
et il précisait encore : je dis le fils parce que je sais que le
fils...).

Et alors, c'étaient non seulement le nom et le parentage
mais les particularités de chacun, les vertus les plus secrètes.

« Je dis le fils parce que je sais que le fils relève aisément
tout seul un tonneau de piquette de cent vingt litres et, à cet
endroit-là, j'ai besoin d'un homme qui ait les reins solides
parce que... » et il expliquait pourquoi.

Vous parlez si le fils Baculard aurait raté sa place d'un
millimètre et d'une seconde. On aurait entendu voler une
mouche. On le buvait des yeux le Langlois. Ça, c'était un
homme !

Je ne crois pas qu'on ait beaucoup dormi cette nuit-là. On
a rêvé, les yeux ouverts, de nos itinéraires qu'il avait tracés
avec tant de précision que nous en voyions, comme s'ils
étaient là devant nous, tous les détails : les cornes de bois, les

lisières, les clairières, les découverts ; on a rêvé les yeux ouverts à cet homme qui nous connaissait comme sa poche et qui ne consentait jamais à nous sourire.

Au matin : sur pied, astiqués, recta. Louis-Philippe serait venu à genoux nous demander un service, on l'aurait envoyé au bain. Et comment !

On vit arriver un traîneau de Saint-Baudille. Attelé à trois ; vide ; rempli d'une simple couverture en chèvre du Tibet, mais une couverture, oh ! de quarante kilos, à croire qu'il transportait de la neige. Des colliers, des clochettes, des houppes au frontal des chevaux. Sur le siège, Bouvard le cocher, avec ses moustaches. Un maître ! Un virage au grand trot à travers les tilleuls de la place ; un virage où les patins font un rond comme si on l'avait tracé au compas. Et pile ! Arrêt devant le Café de la route.

Alors, qu'est-ce qu'on voit ? Saucisse !

Quel dommage qu'à ce moment-là on ne se soit pas souvenu de son vrai nom, car, ce n'était pas Saucisse, oh ! pas du tout !

Et comment appeler ça ? Il n'y avait qu'à dire « Madame » puisqu'on ne savait pas le nom. Et c'était une dame. Ah ! Il ne s'agissait plus de soixante ans, ou de cinquante, ou de soixante-dix ; ou de Café de la route, ou de tout ce que vous voudrez. Il était question d'une chose à quoi nous sommes très sensibles. Il était question de métier bien fait.

Celle qui sortit du Café de la route était, sans contestation possible, un ouvrier de premier ordre dans son métier de femme. Elles pouvaient toutes y venir, et les reines, et les archi-reines. Il y avait au moins dix ans qu'elle était parmi nous, il y avait au moins dix ans qu'on la voyait : énorme, avachie, et même avec un peu de barbe ; et avec son âge bien compté (j'oubliais son âge parce que je pensais à elle telle qu'elle était quand elle nous apparut prête à monter dans le traîneau). Non pas qu'elle ait eu la bêtise de se déguiser en jeunesse ; je parle de métier bien fait. Elle avait gardé son âge, elle avait gardé ses épaisses rondeurs; elle n'avait pas essayé de se corseter à la martyre ni de truquer quoi que ce soit. Elle avait simplement tiré profit de ce qu'elle avait. Ce qui est la marque des bons ouvriers. Et quel profit! Elle en était un tout petit peu goguenarde; et c'était bien, dans cette solidité, cette épaisseur, cette lourdeur, cette vieillesse, cette éperdue tendresse des yeux et de la main gantée. Naturellement, robe à éblouir: moires, jais, satins, dentelles, et même, malgré sa grosseur naturelle, un soupçon de tournure qui lui donnait un petit air faisane.

Et c'est ainsi qu'elle monta, d'une façon très naturelle, dans le traîneau que Mme Tim lui avait envoyé. Et Bouvard qui la connaissait d'Ève et d'Adam, qui était un pilier du Café de la route, à qui elle avait servi au moins deux mille marcs et cinq mille cafés, avec qui elle avait joué aux cartes et juré en mesure, Bouvard vint la recouvrir de la couverture en chèvre du Tibet. Et (on la buvait des yeux, vous comprenez) elle ne fut pas indifférente comme quelqu'un qui se serait forcé à l'indifférence; elle ne fut pas non plus familière comme une qui serait restée souillon en dedans, non. Savez-vous ce qu'elle fit? Eh bien, elle fit un très beau sourire à son vieux copain Bouvard et, pendant qu'il la calfeutrait dans la chèvre du Tibet, elle tapota très gentiment de sa main gantée les gros gants qui s'affairaient autour d'elle.

Puis, on nous l'emporta dans la descente, vers Saint-Baudille. Le jour se levait. Car, tout ceci se passait dans l'aube fameuse de sept heures du matin, dans l'odeur des feux de pignes que nos femmes allumaient aux âtres. Nous ne nous étions pas souciés de nos maisons, ce matin-là; nous n'avions eu de pensées que pour nos itinéraires, nos parentages tels que Langlois nous les avait récités et pour nos costumes qui, je dois le dire, étaient tous de dimanche malgré la balade en forêt qui se préparait. Faut-il vous dire que nos dimanches sont de bure et de drap-cuir? Ils peuvent très bien supporter les griffes de vingt forêts basses.

Jour vert, pointe de bise, temps de nord-ouest, présages de
ce qu'on peut appeler ici, en cette saison, beau temps.
J'entends dire ce que vous appelleriez, vous, à ne pas mettre
un chien dehors. Petit vent glacé, donc neige franche dans les
découverts, neige molle dans les abris, vallons, combes et
orées sud. Visibilité moyenne (qu'on appelle ici voir très
clair), le nuage palpite, se soulève de cinq ou six mètres au-
dessus de votre tête puis retombe à racler le sol ; dans l'inter-
valle on a vu clair et, quand il est retombé, nous avons assez
de sens, nous autres, pour continuer à imaginer qu'on y voit
clair. Et je vous fais le pari que, lorsque le nuage se soulève
de nouveau je retrouve, du premier coup d'œil et à leur nouvelle place, les choses (gens ou bêtes) qui se sont déplacées
sous le brouillard. Affaire d'habitude. Ceci dit, pour bien
situer les choses et faire comprendre que, pour des gens rai-
sonnables, la toilette de « Celle du Café de la route » était
sans raison. Mais, y a-t-il vraiment une raison ?
    Y avait-il une raison pour ce que nous vîmes arriver
ensuite (nous apprêtions des épieux et quelques-uns grais-
saient leurs bottes, ce qui doit toujours se faire au froid — et
non au chaud comme on croit —. En réalité, nous attendions
le mot d'ordre, non, en réalité nous attendions Langlois).
Car, ce qui arriva pendant que nous, les quatre-vingt-trois
d'ici piétinions à sept heures du matin dans un dimanche
insolite, ce fut ce fameux procureur royal. Celui-là, croyez-
vous aussi qu'il n'y avait pas cinquante procès (au moins)
dans lesquels il aurait eu à dire raisonnablement son mot,
plutôt que d'être là comme il était ? Les procès ne manquaient pas à cette époque ; et, si sa réputation n'était pas
usurpée, de ce procureur royal, car il avait la réputation
d'être un « *profond connaisseur du cœur humain* » (comme
disait la feuille), « *un amateur d'âmes* » (nous avions retenu
les mots) si sa réputation n'était pas usurpée, c'est dans ses
procurements qu'il aurait dû s'apprêter à connaître profondément le cœur humain. Et non pas ici. Qu'est-ce que c'était

ici ? Une battue au loup. Un peu cocardière évidemment. Et encore, on en avait vu d'autres ! Au lieu de quoi, le voilà ! Il arrive. Il est là !

Une histoire pour se sortir de sa voiture ! Enfin, tout d'un coup, il en déboule, et alors, vous parlez d'un ventre qu'il portait comme un tambour ! On l'aurait dit trois fois plus gros que d'habitude, car il l'avait ceinturé d'une cartouchière ! Centré d'une boucle !... Sur des jambes guêtrées !... On ne peut pas vous dire ce que c'était, ces jambes !

Eh bien, il ne faut jurer de rien. Ce n'est pas nouveau, mais je n'ai jamais vu un homme plus solide que ce gros tas. Et j'en parle maintenant avec le souvenir de la chose passée ; ceux qui furent à côté de lui, pendant la battue, ne lui ont pas pris un pas d'avance et tout ce qu'ils ont fait — eux, montagnards — lui, procureur royal, il l'a fait. En même temps, à la même vitesse, pareil, malgré son âge, et vraisemblablement malgré cette *bibliothèque* qu'il portait dans ses yeux où, le soir de ce jour-là, j'ai vu la profonde connaissance dont on parlait... et la tristesse !...

Pour le moment, il n'était pas triste, il était grognon. Mais Langlois devait le guetter de derrière ses rideaux car il fut en bas en même temps que lui.

Langlois ? Nous fîmes tous un pas en avant dans sa direction. Et nous devions avoir des visages très interrogateurs, sur la limite du plaisir et du déplaisir, à cause de tout, et du dimanche insolite. Très inquiétant, un dimanche insolite ! À quoi se raccrocher quand il n'y a plus l'habitude ?

Langlois ? Ah ! ça, je dois dire que, question de raccrocher, c'était un joli piton ! Nous voilà rassurés : un air calme, comme s'il savait où il allait. Pas la plus petite trace d'inquiétude. À un point (ce fut visible comme le nez au milieu de la figure) que le fameux procureur royal lui-même en fut interloqué.

On eut les traîneaux en un tour de main. Ils étaient prêts. Imaginez-vous que nous serions venus faire les flambards devant la porte d'où devaient sortir « *l'austère et le cassant* » (comme je vous l'ai dit) si les traîneaux n'avaient pas été prêts à sortir au claquement de langue ? Il y en avait quinze attelés seulement à deux, même à un, et même quelques-uns attelés de bœufs. Sans importance : nous allions au pas. L'attelage à trois et le galop, c'est pour les dames ou pour les fils d'archevêques. Nous autres, nous avions du travail.

Comme il avait été dit dans la salle d'école, la veille au soir, on commença à laisser des piquets qui devaient s'écarter en tirailleurs au commandement à partir d'un point situé à une lieue du village. Ce point-là verrouillait trois vallons qu'il faudrait ensuite remonter en battant les aires. Chaque fois, Langlois laissait des instructions précises, rappelait, en quelques mots plus chauds que l'eau-de-vie, les lieux-dits qu'on atteindrait, qu'on dépasserait à telle heure, puis à telle heure, et il donnait l'heure de son oignon. Puis, il faisait emmener avec nous l'attelage vide.

Ainsi, jusqu'à Saint-Baudille. Mais il me laissa naturellement en route, à ma place, avec Romuald et Arnaud Firmin. À cent mètres à notre gauche nous avions Félix Petit, Bouscarle et Ravanel (le fils) ; à cent mètres à notre droite nous vîmes qu'on déchargea Frédéric II, Ravanel le père et Moutte le fils. Et devant nous s'ouvrait le val de Chalamont.

Où suis-je ? Qu'est-ce qui m'arrive ? C'était un drôle de matin. Tous, plus ou moins, nous nous étions souvent affrontés seuls contre les dessous de la solitude et les bauges ; les endroits où une bête sauvage quelconque défend le peu de chaleur qu'elle a réussi à se faire, en recroquevillant ses cuisses sous son ventre. Ce n'était pas la première fois qu'on était en face des forêts d'hiver et, le val de Chalamont, pour tout dire, ce n'était qu'un val un peu plus touffu, un peu plus noir, un peu plus mal famé que les autres.

Et après ? Qui n'en a pas en lui-même ? Je veux dire : dans les nombreuses fois où déjà nous nous étions trouvés affrontés à ces paysages, nous étions seuls en face d'eux. Et alors, n'est-ce pas, quand on est seul, on s'arrange toujours avec soi-même ; on passe sur bien des choses. Là, c'était bizarre ces groupes de trois ou quatre disséminés en lisière des bois, très visibles, à cent mètres les uns des autres sur la neige, commandant toutes les issues. On n'avait plus assez d'espace pour faire son mea-culpa. Enfin, quoi faire ? On fait une pipe.

Mettons qu'on reste là une heure. On voit arriver un porteur de cor. On nous avait soignés : c'est Pierre-le-Brave en personne. On lui dit :

« Dis donc, on a compris que c'était nous les plus beaux ! »

Il nous explique que nos trois groupes étaient le centre de l'affaire et qu'il ne s'agissait pas de musique.

— Ce machin-là, dit-il en tapant sur son instrument, aujourd'hui c'est un télégraphe.

Va pour le télégraphe. Il y avait, paraît-il, là-bas à côté de Langlois, un autre corniste de métier qui savait faire *parler le cuivre.* C'est de cette façon-là que Langlois nous parlerait pour nous donner les ordres. Nous aimions assez ça. D'autant qu'il nous avait envoyé Pierre-le-Brave pour que nous puissions lui répondre.

— Tu nous joueras bien un peu quelques fantaisies ? dîmes-nous.

— Si les choses en valent la peine, dit-il, pourquoi pas ?

Eh bien, on allait s'arranger pour que les choses en vaillent la peine. Vous ne voyez pas notre Langlois, là-bas, quelque part à côté sans doute de *la capitaine* (et tout d'un coup nous pensâmes également à, enfin ! à la dame du Café de la route !... Où était-elle ? Là-bas ? Avec le beau monde ? C'était un mystère). Mais, pour en revenir, vous ne voyez pas notre Langlois, là-bas, qui entend tout d'un coup, venant d'ici, une fanfare de qualité et qui se dit : « Ah ! les salauds !

(et en disant ça il nous voit, il sait que c'est nous) ah! les salauds! ça, c'est des hommes!»

Pour le moment arriva, du côté de Saint-Baudille, comme un beuglement de veau enrhumé auquel Pierre-le-Brave répondit du pareil au même.

— Eh bien, voilà, dit-il, ça, ça veut dire « en avant » et j'ai répondu « d'accord ».

Alors, on fit des signaux à bras aux groupes de gauche et de droite qui se demandaient ce que signifiaient ces soupirs de veaux; et tout le monde se déploya en tirailleurs et on commença à monter vers le bois.

Avant d'arriver à la lisière nous sortîmes tous de nos gibecières les grosses crécelles de bois avec lesquelles, pendant le temps de Pâques, on remplace les cloches.

Encore une idée, tenez, qui m'est venue. On est entré dans le bois. Silence et solennité. Des indications fort claires que nous n'avions rien à foutre dans un endroit pareil. Et on venait pourquoi?

Je voyais Romuald, Félix Petit, un peu plus loin Ravanel père, de l'autre côté Ravanel fils; des troncs de sapins givrés à la nielle et des feuillages grossis de neige me cachaient Frédéric II; je pouvais imaginer dans le bois la longue file de tirailleurs et chacun faisait comme moi, marchait à pas de serpent en guettant de droite et de gauche, crécelle en main. Pierre-le-Brave avait embouché son cor. Et, du lointain, pardessus la cime des arbres, comme un oiseau, arriva de nouveau sur nous le soupir de veau enrhumé. Alors, Pierre déclencha sa propre fanfare dans nos oreilles, dans nos avenues, dans l'écho des arbres qui nous touchaient, dans les profondeurs du vallon qui nous faisait face. Et tous ensemble on commença à faire craquer nos grosses crécelles, à écraser dans nos crécelles le silence et la solennité.

Et si je vous disais qu'à ce moment-là on s'est redressé comme des chevaux à qui on asticote la croupe. Et qu'on s'est bourré en avant et que, plus il y avait de bruit, plus on voulait en faire, et qu'on aurait été capables (peut-être) de déchirer un loup avec les dents. En tout cas, l'envie y était. Et pire que l'envie : pendant que ce cor cornait, que les crécelles craquaient, qu'on guettait les buissons là-bas devant pour voir si, de l'un d'eux, n'allait pas jaillir le fuseau noir et rouge d'un loup, gueule ouverte. Nous nous regardions furtivement les uns et les autres et, si je ne sais pas de quelle qualité était mon regard, je sais de quelle qualité était le regard des autres posé sur moi. Oui, sur moi. Qui n'ai jamais fait de mal à personne.

Silence et solennité ? À y réfléchir, hé, la bêtise du fameux procureur royal, ce qu'avait entendu Saucisse : le machin sur la vérité, c'était pas si bête que ça. Et ici c'était peut-être silence et solennité avant que la vérité n'éclate.

Si je vous disais que j'ai pensé tout ça ? Bien sûr que non : ça vient à mesure. D'autant qu'on n'était pas là pour penser.

Le Chalamont, rien qu'aux abords déjà, était sacrément touffu. On avait beau dire qu'avec la musique que nous menions, le lascar, ou les lascars, avaient dû décamper de loin ; il fallait quand même se tenir à carreau.

On croit toujours que c'est le renard qui est fin. Les loups le sont. La cruauté, voyez-vous, inspire. Le loup qui est bien plus cruel que le renard est bien plus fin que lui. Malice de renard, ça s'évente encore. Malice de loup !... Chez nous on dit « Malice de loup ça se gueule » voulant dire que c'est si fin, si droit, si rapide et si prompt (si cruel aussi) qu'on hurle de surprise et d'alarme, et ça veut dire aussi qu'on hurle parce qu'avant de pouvoir hurler pour autre chose, généralement on a les dents dans la peau. Des loups comme celui ou comme ceux qu'on cherchait pouvaient très bien se dire : « Ils croient que la peur va nous faire partir, eh bien, la peur va nous faire rester. » Et ne déboucher qu'à trois pas de nous en nous en mettant plein la vue d'un saut de carpe, crever la ligne et foutre le camp. Ça alors, Langlois !...

Mais il n'y avait pas beaucoup de risques. On était de fameux grenadiers.

Jusqu'à midi ça va ; à peu près ; c'est-à-dire qu'on marche, qu'on fait aller les crécelles, qu'on ne voit rien. De temps en temps, par le dessus du bois, nous arrive le soupir de ce veau enrhumé à qui là-bas Langlois caresse les narines.

Et, selon comment ce veau éternue ça veut dire :

« Est-ce que tout va bien ? Est-ce que vous n'avez rien vu ? Est-ce que vous respectez l'itinéraire ? »

Et pour nous Pierre-le-Brave répond : « Oui, tout va bien ; non, on n'a rien vu ; oui, on respecte l'itinéraire. » Et nous entendons qu'ici et là les autres correspondent de même.

À midi on casse un peu la croûte sur le pouce. Pierre-le-Brave résume alors la situation d'après les cornetages du matin : personne n'a rien vu ; les bois sont vides. Et on repart.

La lumière d'après-midi vire vite au sombre et l'on commence à voir ce qui n'existe pas. Vingt fois Pierre embouche son cor ; vingt fois on lui dit : au temps pour les crosses. Rien de bon. Nous étions au plus fourré de Chalamont et c'étaient seulement les taillis qui semblaient bondir les uns des autres ; on avait les yeux fatigués.

Soudain, ce fut précisément le contraire de ce à quoi on s'était attendu. Nous vîmes, là-bas devant, une esquive grise, comme le balancement d'une branche de sapin. On n'y fit pas attention ; on continua à avancer, sans imaginer que cette fuite souple pouvait être autre chose que le geste endormi d'un rameau qui se délivre de son poids de neige. C'est seulement quand on arriva sur des foulées fraîches, profondes et terriblement grandes qu'on se mit alors à imaginer sérieusement.

— M'est avis, dit Pierre-le-Brave, que je peux sonner la vue, ce coup-ci.

— C'est pas qu'on ait beaucoup vu, dîmes-nous, mais il y a ça : c'étaient les foulées d'un grand saut et, là-bas devant, des branches noires dans des buissons dont quelque chose ou quelqu'un venait de secouer la neige.

Alors, Pierre-le-Brave se posta (ça valait le coup) pour sonner une vue magnifique qu'il répéta deux fois parce que le silence s'était fait instantanément sur toute la ligne de tirailleurs.

Ça, on peut dire que, tout de suite après, des ordres triomphants ne tardèrent pas à arriver. Le copain qui cornait pour Langlois n'avait pas sa langue dans sa poche. Si jusqu'à présent ç'avaient été des soupirs de veau, maintenant c'était, comment dirions-nous, Bossuet en personne ! Bossuet général en chef ! Bossuet à Austerlitz ! Qu'est-ce qu'on nous passait comme félicitations avec la bouche de cuivre ! Et comme ordres !

Pierre écouta attentivement : « Ça va, mes petits lapins, dit-il. Pour les trois groupes qui dépendent de moi comme télégraphe, conserver l'itinéraire primitif et en avant. Les autres groupes se rabattent sur nous. »

Il n'y a pas à dire, c'était rudement bien monté. On hucha la nouvelle au groupe de droite et au groupe de gauche qui devaient s'enfoncer droit avec nous dans la véritable épaisseur de Chalamont. Pierre répondit à Langlois : « D'accord, ça marche. » Et on se mit en mesure de faire marcher.

Marcher le monde.

C'est plus difficile que ce qu'on pense. En tout cas, ça réserve des surprises.

On y voyait assez clair en nous-mêmes pour savoir que, si on continuait à suivre pas à pas l'itinéraire qui nous avait été tracé, nous finirions par nous trouver face à face avec le fond de Chalamont ; c'est-à-dire une falaise à pic : un mur. Restait à savoir ce qui serait acculé contre le mur : dos au mur et face à nous. Or, si vraiment les autres se rabattaient comme le disait Pierre, si la fraîcheur des foulées ne mentait pas, si l'esquive grise qu'on avait aperçue venait d'une chose réelle et non pas d'une faiblesse de notre œil, il était facile de dire à

l'avance ce que finalement nous allions trouver devant nous
au fond de Chalamont.

Et il était facile de prévoir en quel état cette chose, cet ani-
mal, cette personne serait. Fanfares sur fanfares, ces brai-
ments qui tombaient du ciel, venant de Saint-Baudille ; et, en
réponse, le jaillissement sous bois de ces hoquets de cor, le
continuel craquement de nos crécelles : voilà ce que depuis
des heures il avait dans les oreilles.

Je vous ai dit ce que ces bruits faisaient dans les nôtres,
d'oreilles, mais il ne faut pas comparer les situations. Nous
n'étions pas gibier, au contraire. Ce qui nous donnait élan
devait lui donner colère. Il devait être déjà, non plus comme
un loup (on voit des loups sur les images ; je me souviens
même d'une gravure de la *Veillée* à propos de Michel Stro-
goff — et Dieu sait si l'artiste n'a pas voulu les flatter) eh
bien, malgré tout, on sent que ce sont des bêtes avec lesquelles on peut s'entendre, sinon avec des paroles, en tout
cas avec des coups de fusil. Et j'en ai vu un, un jour, face à
face ; il était seul et moi aussi ; eh bien, on s'est mis d'accord
sur une frousse commune. Ça ne devait plus être un loup.
Savez-vous comment je me l'imaginais ? Ça n'a pas de sens
commun. Je me l'imaginais comme une énorme oreille à vif,
où toute notre musique tournait en venin, et ce venin elle ne
le versait pas dans un loup. Ah ! mais non, j'imaginais que
cette oreille était comme un entonnoir embouché dans les
queues d'un paquet de mille vipères grosses comme le bras,
et que c'est dans ces vipères que le venin était bourré comme
le sang dans un boudin. Voilà ce que j'imaginais qu'on allait
finalement trouver au fond de Chalamont.

En tout cas, fond de Chalamont, eh bien, ça n'avait pas
l'air de venir vite. Il fallait maintenant faire très attention, la
ligne des tirailleurs s'était resserrée sur nous. Nous étions à
dix mètres au plus les uns des autres. Il fallait regarder tous
les buissons comme si on cherchait des champignons. Et surtout prendre un soin terrible de ne pas être forcés, de ne pas

le laisser traverser la ligne. On avait reçu à ce sujet une bonne minute de beuglement de veau qui avait fait écarquiller les yeux à Pierre : « Vrai, avait-il dit, je ne me souhaite pas que ça m'arrive. »

Tout ça est bien beau, mais pas à pas on ne va pas au galop, et avant d'être au fond, il nous restait bien encore au moins un kilomètre quand la nuit qui menaçait depuis déjà pas mal de temps tomba tout d'un coup.

Hors des bois, on pouvait peut-être encore y voir un peu, mais ici c'était fini. Instant critique. La réussite tenait à rien. Seulement, ce qu'il faut bien dire, c'est qu'on a autant d'instinct que les bêtes. Chalamont, à l'instant précis où la nuit tomba, voilà exactement comment, ça se présentait. Je vous l'explique rapidement. Tenez : le papier à cigarettes que vous pliez là, avant de mettre le tabac, voilà ce que c'était : une longue rigole étroite aux parois abruptes. Sur ce bord-ci du papier à cigarettes, toute une ligne de tirailleurs. Sur ce bord-là, toute une ligne de tirailleurs ; à l'entrée de la rigole, nous autres : Félix Petit, Romuald, les Ravanel (un venu de droite, un venu de gauche), Frédéric II, enfin, une dizaine d'hommes bouchant l'entrée. Au fond de la rigole, de ce côté-ci de votre papier à cigarettes, le fond de Chalamont, la muraille. Et, dans votre papier à cigarettes, pas encore tout à fait coincé, mais n'ayant plus beaucoup d'espace pour se remuer entre la muraille et nous et ayant compris le coup, notez bien, ayant à cette heure compris le coup, le *Monsieur*!

Ça semble gagné (Langlois avait tout combiné) mais il y avait la nuit.

D'instinct nous nous resserrons encore et on dit à Pierre-le-Brave :

« Signale, vite ; vas-y ! »

Il le fait. On répond. Voilà ce qu'il dit, dit Pierre : il dit : « Tenez bon, j'arrive. » Et je n'ai pas tout compris, mais je ne vous cache pas que si j'en juge par la façon dont le copain se dépêchait dans son cornet, le commandant doit jubiler :

jubiler et être en colère. Il avait l'air de nous promettre tellement de choses que je ne sais pas s'il faut se réjouir ou serrer les fesses.

— En tout cas, dîmes-nous, si toi tu dois encore trompeter, ne le fais plus en soufflant du côté de Chalamont. Les échos y sautent et ce n'est pas le moment d'affoler le *Monsieur*. On se mit même à modérer un tout petit peu le craquement des crécelles.

On marqua le pas ainsi peut-être vingt minutes. Enfin, au fond du bois on vit piqueter des pointes de feu. On nous apportait des torches : « Ça, c'est pas mal », dîmes-nous et on regarda en souriant du côté de la bête.

En effet, des torches, vous comprenez bien que le *Monsieur* n'oserait pas trop venir nous renifler les guêtres. Des torches, et il y en avait ; et d'après le grouillement qu'elles faisaient en venant vers nous à travers le bois, elles se groupaient de notre côté. Il s'en détachait quelques-unes qui s'en allaient vers le flanc droit et le flanc gauche mais le gros venait dans notre direction.

C'était juste. Et juste aussi quand nous distinguâmes dans la lueur la dégaine de Langlois. Faisait pas chaud, mais il n'avait toujours que son corseton de buffle. À côté de lui, l'ombre importante c'était sûrement le fameux procureur royal. La flamme des torches éclaira comme deux casques de couleurs vives : un rouge et un vert. On se dit : « Est-ce qu'il y aurait des soldats ? » D'autant que maintenant que toute cette compagnie approchait dur, il n'y avait pas que ces deux casques de couleurs vives mais, dessous ces deux casques, deux grands beaux corps très coloriés. Des soldats ? Ça nous étonnait de la part de Langlois, car des soldats, pour quoi faire ? Mais pas du tout, bien sûr. Savez-vous ce que c'était ? La capitaine : Mme Tim, le casque rouge (qui était une capeline de velours) en voilà une. Et l'autre, qu'on ne reconnut pas tout de suite, c'était la dame de la route sous le capuchon vert d'un beau manteau de Mme Tim.

Voyez-vous, Langlois mit beaucoup de cérémonie dans tout, non seulement dans ce que je vous raconte mais dans tout.

— Faites-moi une petite place, dit-il.

« Tu parles si on s'écarta. Et c'est ainsi qu'avec un soldat de plus (et des torches! et des dames!) on s'avança vers le fond de Chalamont. »

Les fusils que, jusque-là, on avait portés en bandoulière, on les avait à la main maintenant. Il ne s'agissait plus de crécelles. Il n'y avait plus que le bruit de ces centaines de pas qui faisaient, pas à pas, des pas en avant et le volettement des flammes de torches qui claquaient au-dessus de nos têtes comme des oiseaux. Et c'était bien suffisant. La bête avait dû, déjà, être allée frapper du nez contre la muraille de pierres, là-bas au fond, et elle avait dû déjà revenir se casser le nez sur la muraille de flammes et de bonshommes de notre côté. Elle devait tourner devant nous comme un brin de bois dans un tourbillon d'eau. Ce n'aurait pas été très malin de lui corner trop violemment aux oreilles qu'on allait la tuer. C'est le cas de redire une fois de plus solennité et silence!

Les traces, bien entendu, et très fraîches, et tumultueuses, il y en avait tant qu'on voulait. Il dansait une drôle de sarabande devant nous. Et sans bruit. Nous, nous faisions du bruit avec notre pas, nos torches; pas beaucoup; très peu, mais un peu. Lui non.

— Halte! » dit Langlois. Et il appela un nommé Curnier qui était jardinier chez les Tim (et, en parlant de ça, on n'avait pas vu le père Tim, le capitaine soi-disant). On fit passer le nom de Curnier à voix basse, le long de la ligne de tirailleurs. Et, en retour, également à voix basse, nous vint le mot qu'il arrivait. Il arriva. Il tenait un gros chien en laisse.

Si vous vous étonnez que nous n'ayons pas mené les nôtres, de chiens, et que je ne vous aie même pas dit s'ils étaient là ou non, je vous dirai que, nous, nos chiens sont des chiens de berger ou des chiens de chasse.

— Eh bien, me direz-vous, est-ce que ça n'était pas une chasse ?

— Non, monsieur ! Et, pour vous le faire comprendre, vous n'avez qu'à voir et entendre. Regardez : au fond du val, sans compter ceux qui bouclent les crêtes, nous sommes plus de trente, sans un mot ; nous ne bougeons qu'après avoir regardé Langlois et vu comment il bouge. Sans le bruit, d'ailleurs souple, du grondement des torches, on entendrait voler une mouche. Curnier, Langlois vient de le demander à voix basse. Et on a fait dire à voix basse qu'il arrivait. Regardez : voilà la capitaine. C'est entendu, du moment qu'elle a accepté son grade, elle a accepté d'être là. Mais, comment est-elle là ? On avait parlé de costume mirobolant. Ah ! ouiche ! Elle est là en femme. Vous croyez qu'on ne voit pas que, dessous sa lourde mante de bure, elle est en robe et non pas en uniforme et en bottes ? Nous le remarquons, nous, ça ! Et, à côté d'elle, regardez, qui est ici ? Je vous l'ai dit : la dame du Café de la route à qui on a prêté un manteau. Mais, de ce manteau, qu'est-ce qui dépasse ? N'est-ce pas la robe qu'on lui a vue ce matin ? Ne croyez-vous pas que ce soit la première fois au monde que les fonds de Chalamont voient des femmes de cérémonie ? Et, si nous vous disons, nous, que les chasses, d'ordinaire, se passent très bien du fameux procureur royal, est-ce que vous nous croirez ? Voilà pourquoi ce matin nous avons enfermé nos chiens. Nos chiens et des crécelles, ça n'allait pas du tout ensemble !

« Et d'ailleurs, vous allez voir. Puisque Curnier en a un, vous allez voir ce qu'on va faire ! Et c'est un chien beaucoup plus gros que les nôtres. Au moins le double. C'est un chien dressé exprès, c'est un mastiff. Il a un énorme collier à pointes pour lui protéger la gorge. Il a des pectoraux comme un âne de meunier. Il n'a pas d'oreilles. Il a la tête ronde comme une courge. Il marche à pas comptés comme le procureur. Il a toute l'épine dorsale en arête de poisson. Il a la queue raide comme une tringle. Il est superbe !

Et c'est ainsi, une fois que Curnier l'a détaché, qu'il entre dans les taillis devant nous sans manifester ni peur ni joie.

Nous lui laissons prendre un peu d'avance, puis, nous nous mettons en marche, à sa suite, le plus silencieusement possible.

Nous arrivons au fond de Chalamont. Les torches nous font voir, par-dessus les derniers taillis, la muraille tellement à pic que la neige n'y tient dessus qu'en girandoles. Nous ne faisons absolument pas de bruit. Rien ne fait de bruit, sauf les torches; un bruit d'ailes, une sorte de va-et-vient d'oiseaux au-dessus de nos têtes : des colombes qui cherchent à se poser, on dirait; les messagères d'une arche de Noé bien plus populeuse que la première, et qui cherche un Ararat quelconque, avec tout un vol de pigeons ramiers. C'est le seul bruit du monde entier ici.

Les foulées, naturellement toujours d'une fraîcheur exquise et si claires que tout le monde les voit, ne dénotent aucune inquiétude. Elles sont franches et sans retour. Peut-être que le *Monsieur* joue au plus fin? Tout le monde y joue : Dieu lui-même. Mais le *Monsieur* y joue avec un sacré estomac. Qu'est-ce qu'il espère? Qu'une porte de sortie s'ouvrira dans le mur? À point nommé? Et, dites donc, est-ce qu'il ne serait pas beaucoup plus instruit que nous? Est-ce que nous ne serions pas les dindons de la farce, nous autres, dans cette histoire, avec nos cors et nos fanfreluches? Et nos pas pelus et (pour nous on peut le dire) notre angoisse?

Est-ce que, par hasard, le *Monsieur* n'attendrait pas tout simplement la mort que nous lui apportons sur un plateau? Ça, comme porte, vous avouerez que ça serait même un portail, un arc-de-triomphe! Et ça expliquerait pourquoi, d'après les foulées que nous suivons, il est allé tout simplement se placer de lui-même au pied du mur, sans esquiver, ni de droite ni de gauche.

Que ce soit ce que ça voudra, nous avançons. Et brusquement nous dépassons les derniers taillis. Nous sommes devant cette aire nue qui va jusqu'au pied du mur.

D'abord nous ne voyons rien. Langlois, en trois pas rapides, s'est mis devant nous. De ses bras étendus en croix et qu'il agite lentement de haut en bas comme des ailes qu'il essaie, il nous fait signe : stop, et tranquille !

Nous entendons craquer les pantalons des porteurs de torches qui traversent les taillis derrière nous. La lumière monte. Nous entendons crisser derrière nous, dans les taillis, les grosses ouatines de la capitaine et de Saucisse.

Le voilà, là-bas ! Nous le voyons ! Il est bien à l'endroit où je craignais qu'il soit. À l'endroit vers lequel, depuis ce matin, à grand renfort de fanfares, de télégraphes et de cérémonies, nous nous sommes efforcés de le pousser.

Eh bien, il y est. Et, si c'était un endroit qu'il ait choisi lui-même, il n'y serait pas plus tranquille.

Il est couché dans cet abri que l'aplomb même du mur fait à sa base. Il nous regarde. Il cligne des yeux à cause des torches ; et, tout ce qu'il fait, c'est de coucher deux ou trois fois ses longues oreilles.

Sans Langlois, quel beau massacre ! Au risque de nous fusiller les uns les autres. Au risque même, au milieu de la confusion des cris, des coups, des fumées et (nous nous serions certainement rués sur lui de toutes nos forces) des couillonnades, au risque même de lui permettre le saut de carpe qui l'aurait fait retomber dans les vertes forêts.

— Paix ! dit Langlois. Et il resta devant nous, bras étendus, comme s'il planait.

Oh ! Paix ! Pendant que recommence à voltiger le va-et-vient des torches-colombes.

Langlois s'avance. Nous n'avons pas envie de le suivre. Langlois s'avance pas à pas.

Au milieu de cette paix qui nous a brusquement endormis, un fait nous éclaire sur l'importance de ce petit moment pendant lequel Langlois s'avance lentement pas à pas : c'est la légèreté aéronautique avec laquelle le fameux procureur royal fait traverser nos rangs à son ventre.

Nous voyons aussi que, devant les pattes croisées du loup, il y a le chien de Curnier, couché, mort, et que la neige est pleine de sang.

Il s'en est passé des choses pendant le silence !

Langlois s'avance ; le loup se dresse sur ses pattes. Ils sont face à face à cinq pas. Paix !

Le loup regarde le sang du chien sur la neige. Il a l'air aussi endormi que nous.

Langlois lui tira deux coups de pistolet dans le ventre ; des deux mains ; en même temps.

Ainsi donc, tout ça, pour en arriver encore une fois à ces deux coups de pistolet tirés à la diable, après un petit conciliabule muet entre l'expéditeur et l'encaisseur de mort subite !

— Mais non, mais non, ne cherchez pas ! Mais taisez-vous, je vous en prie ! cria Saucisse un beau jour. — Longtemps après, très longtemps après, au moins vingt ans après.

Elle n'était plus au Café de la route. C'étaient déjà les Négrel qui avaient pris sa suite (et d'ailleurs y donnaient de l'extension). Elle habitait au *bongalove* avec Delphine. Chien et chat. On n'a jamais su comment ces deux femmes ne se sont pas étripaillées à n'en pas laisser, de l'une et de l'autre, un bout entier gros comme l'ongle.

Delphine... Je m'aperçois que j'ai sauté tout d'un coup un trop grand nombre d'années. Il faudra que je vous parle de Delphine, naturellement. Mais Saucisse, en 67, 68, qui est à peu près l'époque où j'arrive, n'était pas encore finie et n'avait pas envie de finir.

Certes, elle n'avait pas le même allant. Il est fort probable qu'elle n'aurait plus eu la force d'aller jusqu'aux fonds de

Chalamont. Elle approchait de quatre-vingts, mais, croyez-moi, elle s'en approchait comme les chats de la braise.

Pendant ces vingt ans elle avait subi tant de macérations successives, elle avait été rouée de tant de coups et obligée de tant se forger entre des enclumes et des marteaux de toutes sortes qu'elle avait perdu sa carrure, ou, plus exactement, qu'elle s'était fait une carrure nouvelle mieux adaptée aux aigreurs, aux fureurs et aux feux.

Pour ceux qui l'avaient perdue de vue et la retrouvaient, certes, il était impossible de reconnaître Saucisse dans cette lardoire bleue, mais nous, qui l'avions suivie pas à pas, nous savions bien pourquoi elle s'était amincie ; de quoi elle s'était aiguisée ; elle était mille fois plus reconnaissable qu'avant. Il nous semblait même que, du temps du Café de la route, on ne la connaissait pas du tout. C'est maintenant que ça valait la peine, pendant qu'elle approchait tout doucement de ses quatre-vingts comme de quelque chose d'agréable, mais qui brûle.

Il ne s'agissait pas d'avoir peur pour elle. Les quarante ans de Delphine, elle les dressait ; ils avaient beau être d'une verdeur à faire oublier les temps de la fraîcheur de Mme Tim. Elle avait besoin de se surveiller, celle-là ! Delphine, je veux dire, car Mme Tim... C'est formidable ce qu'il peut s'en passer des choses en vingt ans ! Oui, Delphine avait besoin de se tenir à carreau, et soigneusement, et pour des choses difficiles à tenir en bride.

Savez-vous ce qu'elle faisait, Saucisse ? À l'époque du Café de la route elle avait un visage d'homme ; maintenant elle avait un visage de notaire. Et, avec ce visage de notaire, sur lequel éclatait comme un soleil la connaissance de toutes les lois dans tous leurs déclenchements les plus secrets, elle guettait la marche des lois du temps dans Delphine. L'autre ne pouvait pas vivre pendant dix secondes sans lire sur le visage du notaire l'inscription obligatoire de la dépense de ces dix secondes et les conséquences légales et inéluctables de la dépense de ces dix secondes. Riche de tout, et même de ses quarante ans opulents et laiteux plus appétissants qu'une jeunesse de sifflet, Delphine, par ce visage de comptable assermenté, était à chaque instant obligée de connaître le solde qui lui restait en caisse.

Nous les avons vues cent fois dans leur comédie. Maintenant, tout a disparu, mais, sur l'aire qui domine de haut l'entrelacement brumeux des vallées basses, Langlois avait fait reproduire le labyrinthe de buis taillé dans lequel, à Saint-Baudille, il avait passé trois jours de promenades heureuses.

Nous, on a un flanc de coteau qui dominait ce labyrinthe et, à l'arrière-saison, c'est un très bon endroit pour aller prendre le soleil.

À l'époque de ces publications perpétuelles de bilan entre les deux femmes, nous allions à quelques-uns, très souvent, fumer des pipes dans les arnicas de ce flanc de coteau.

Ce n'était ni pour le soleil ni pour la belle vue. C'était parce que, malgré tout ce qui était arrivé, la vie continuait à cet endroit-là, grâce à ces deux femmes; et, quelle que soit cette vie, nous ne pouvions pas nous en défaire. On avait l'impression que peut-être, un jour, brusquement, au détour de cinq minutes, un éclat de rire, une larme, ou n'importe quoi, finirait par nous expliquer ce qui ne s'était jamais expliqué. On avait toujours les yeux fixés sur l'emplacement où s'était tenu Langlois, et voilà pourquoi, nous autres, souvent, nous allions fumer nos pipes sur ce flanc de coteau qui dominait le labyrinthe de buis du *bongalove*.

Delphine était assise à l'endroit d'où l'on a une vue plongeante sur la route qui monte ici. Nous savions que son intérêt était de ce côté. Si c'était le parapluie rouge du colporteur qu'elle guettait, nous le voyions aussi bien qu'elle. Il était en bas, près de Monetier. Il traversait les prés en direction du moulin de Recourt. Il s'en fallait au moins de sept à huit jours avant qu'il soit ici.

Saucisse était parfaitement au courant de tout. Ce n'est pas à un vieux singe qu'on apprend à faire la grimace. Vous comprenez bien que, billets doux passés en catimini, c'était une affaire dont Saucisse connaissait les us et coutumes. Si elle avait voulu l'interdire, elle n'avait pas à se casser la tête. Il suffisait, au jour dit (et il était facile de prévoir le jour dit avec ce parapluie rouge qu'on voyait au-dessous de nous en train de monter sa petite lieue par jour), d'aller au jour dit à sa rencontre avec cinq sous au bout des doigts. Pour cinq sous, le marchand d'images aurait tué père et mère.

Mais Saucisse se moquait du billet doux comme de sa première chaussette. Delphine avait le droit de tout oublier : c'était son affaire. Restait à Saucisse le droit d'expertiser le capital de Delphine. Un chien regarde bien un évêque !

Ces séances que nous arbitrions de haut, entre ces deux femmes assises, étaient des combats à mort. Delphine, chaque fois, était très soigneusement sous les armes. Un beau décolleté carré, à la corbeille de fruits ; bien plein, qu'avant de sortir elle devait baigner de lait, pas possible (ça intéresse toujours les hommes, ce découvert ; on n'en perdait pas une) ! Des « *suivez-moi jeune homme* » et de tout, il n'en manquait pas : taille fine et faux cul, couleur et poudre. Parfum qu'à travers nos pipes — c'est tout dire — nous pouvions renifler.

Saucisse, je vous ai dit où étaient ses armes. Elle s'asseyait sur une pierre et elle regardait. La jeune femme, assise de trois quarts sur son banc, penchée vers les fonds brumeux où circulait (lentement) le parapluie rouge, lui tournait le dos. Saucisse, imperturbable, regardait fixement la nuque et le catogan de Delphine. On voyait Delphine qui, sans s'interrompre de guetter, passait une fois, puis deux fois, puis trois fois (et nerveusement) sa main sur sa nuque. À la fin, elle se tournait vers Saucisse et demandait :

— Qu'est-ce qu'il y a ?

— Rien, disait Saucisse.

Cela durait des heures. Une fois. Deux fois. Trois fois. Delphine fouillait dans sa poche, sous ses jupes, et tirait une glace devant laquelle elle se mettait à faire la poule, tendant le cou, tournant la tête, renfournant quelques pointes de cheveux sous des peignes, chiquant des bouffettes, touchant ses lèvres, ses yeux, son menton du bout des doigts, lissant le dessous de son menton du plat de la main ; approchant finalement le miroir pour regarder soigneusement le tour de ses yeux, le coin de ses yeux, son front qu'elle s'efforçait d'aplanir. Puis elle se penchait de nouveau pour chercher en bas le parapluie rouge qui, de ce temps, avait marché. Il était derrière Recourt maintenant.

Saucisse qui n'avait pas bougé d'un millimètre restait en position et fusillait la nuque.

— Qu'est-ce qu'il y a ? demandait Delphine se tournant d'une pièce.

— Rien, disait Saucisse.

— Qu'est-ce que tu regardes ? demandait Delphine.

— Toi, répondait Saucisse. (Pour qu'il n'y ait pas de malentendus sans doute.)

On suivait le jeu une heure ou deux. La corbeille de fruits et les gentillesses en recevaient de bons coups. Si, après s'être regardée sur toutes les coutures, Delphine ne replaçait pas vingt fois ses seins dans le corset, elle ne les replaçait pas une. On aurait dit qu'elle jouait avec des petits chiens dans un corbeillon. Et je t'arrange, et je te pomponne, et je te fais mousser les dentelles autour.

Ce n'est pas de cette façon qu'on pouvait battre Saucisse.

Delphine savait très bien de quelle façon on pouvait la battre. À la fin, chaque fois, c'est le parti qu'elle prenait. Si elle le prenait si tard, ce n'était pas par bonté d'âme. C'est parce qu'il fallait se servir d'une arme à deux tranchants.

Elle se dressait soudain (mais quand elle avait perdu toute confiance en elle-même, toute confiance dans les onguents, les poudres et les parfums) et elle criait :

« Oh ! TON Langlois !... »

Avant qu'elle ne disparaisse à travers les buis, Saucisse avait juste le temps de lui répondre :

« Mais, ce n'était pas MON Langlois !... »

On voyait ensuite que, toute seule, Saucisse continuait à se répéter cette phrase à voix basse.

Alors, nous quittions notre perchoir, car c'était le moment. Vous pensez bien que ces petits affûts au-dessus du labyrinthe n'étaient pas destinés à lorgner la corbeille de Delphine. Admettez qu'on en profite en passant, mais on ne fignole pas dans ces histoires-là, nous autres. Ce qui importait, voyez-vous, c'était de quoi il avait retourné dans tout ça.

Nous les avions tous vus se dépêtrer : Langlois, les Tim et les autres ; nous avions vu mourir Langlois (enfin, si on ne l'avait pas vu on l'avait entendu ; si on n'avait pas vu ce qui s'appelle voir, quoique la lueur ait été assez forte pour éclairer jusqu'au sommet du Jocond, tout le monde avait entendu), et de quoi se dépêtraient-ils les uns et les autres avec leurs visages sur lesquels nous comprenions bien qu'ils installaient pour nous des lueurs de joies artificielles ?

C'est l'époque où l'on a commencé à profiter du désespoir de Saucisse ou, plus exactement, de la vieillesse qui lui enlevait la force de cacher son désespoir.

D'abord, elle s'est méfiée. Puis (elle devait faire son bilan aussi souvent qu'elle faisait celui de Delphine) elle a dû se dire :

« À quoi bon ? Pour ce qui me reste à vivre ! »

Enfin, dans ce qui lui restait à vivre, elle a dû se rendre compte qu'en nous parlant elle s'apaisait.

Nous quittions notre perchoir, nous nous glissions jusque derrière la haie et nous l'appelions. Au début, elle nous répondit sans bouger de sa place. Puis elle vint jusqu'à la barrière. Enfin, elle franchit la haie. À un point que nous avions même fini par emporter pour elle une canne de réserve que nous lui donnions quand elle nous avait rejoints.

Ainsi, l'accompagnant à quatre ou cinq, on montait tout doucement jusqu'au-dessus de l'auberge de roulage, dans un pré sous des pommiers. Il y avait toujours un ou deux d'entre nous qui étaient chargés vaguement de surveiller les vaches. Mais, cela n'interrompait pas ; au contraire, cela nous permettait d'avoir le temps de réfléchir à ce qu'elle disait ; car, à peine si on avait besoin de la mettre en route et, à nous, il nous fallait de temps en temps du temps pour comprendre ce qu'elle disait. Ce n'est qu'après ces mûres réflexions que nous disions notre sentiment sur Langlois.

— Taisez-vous donc, cria Saucisse (je dis qu'elle cria parce qu'elle avait une voix éraillée qui détonnait dans l'aigu quand elle la forçait), c'était un homme comme les autres !

Eh bien, il n'en manquait donc pas des hommes comme les autres. À croire alors que nous étions tous des hommes comme les autres au bout du compte. Si c'était ça qu'elle voulait dire, qu'elle le dise ! N'avions-nous pas déjà entendu Langlois dire que M. V. était un homme comme les autres ?...

Ce qu'on n'arrivait pas à lui faire comprendre, surtout, c'est que, nous aussi, nous aimions Langlois. On ne lui tenait rigueur de rien, au contraire. Si on était là à la faire parler, c'est bien qu'on avait toujours appétit de cet homme ; et qu'on ne le tenait quitte de rien, même pas de la mort, à cause de cette connaissance des choses qu'il avait paru avoir.

Vous avouerez qu'il y avait des mystères !

Admettons qu'il n'ait eu d'explications à fournir à personne sur la façon dont il nous avait débarrassés (débarrassé le monde) de M. V.

Et encore ! Est-ce qu'il n'y a pas de tribunaux et un bourreau à Paris ?

Mais on aurait pu nous répondre à ce sujet que ce n'était pas notre affaire ; que si c'était l'affaire de quelqu'un, c'était

celle de ce fameux procureur royal justement! Et est-ce
qu'on n'avait pas vu ce procureur royal être cul et chemise
avec Langlois? Est-ce qu'à un moment ou à l'autre on avait
pu comprendre, par exemple, que le fameux procureur royal
avait quelque chose à reprocher à Langlois? Au contraire, on
pouvait même dire qu'il le traitait comme son chouchou. Et
le soir de la célèbre battue au loup, quand Langlois eut tiré
ses deux coups de pistolet (comme d'habitude il faut bien
dire; et à la diable; ajustés, mais à la diable), est-ce que ce
procureur royal, malgré son ventre, ne s'était pas porté tout
de suite à la hauteur de Langlois avec une légèreté aéronautique? Comme pour le protéger (de quoi?). Plus que pour
le protéger : pour être avec lui.

Et, puisqu'on est sur ce procureur royal, est-ce qu'il était
renommé, oui ou non, pour être un « *profond connaisseur
des choses humaines* », un « *amateur d'âmes* »?

Est-ce qu'il n'y eut pas, ce soir-là, quand le loup
fut tombé, un échange de coups d'œil entre le procureur et
Langlois?

Et moi, qui étais placé de façon à bien voir le regard de ce
profond connaisseur des choses humaines, est-ce que je n'ai
pas vu clairement, dans ce regard (qui répondait au regard de
Langlois), une tristesse infinie?

C'était facile de dire : « Taisez-vous! » On aurait bien
voulu se taire, mais alors, qu'on puisse se taire. C'était tout
ce qu'on demandait.

C'était comme Mme Tim; l'amitié de Langlois et de
Mme Tim, et c'était bien de l'amitié et pas autre chose. Nous
le savions bien, quoique cette amitié, avouez-le, était bougrement exigeante! L'amitié qui avait commencé entre ces deux
êtres dont l'un, quoique en marbre bleuté, était fait de
couvent, de volcan et de glace, et l'autre on savait bien de
quoi; l'amitié qui avait commencé entre ces deux êtres, au
lendemain de la battue au loup, expliquez-la! Dans sa bruta-
lité! Car elle éclata, pourrait-on dire.

Il ne se passait pas un jour sans que Mme Tim soit au village. Et alors, elle et Langlois se promenaient inlassablement de long en large sur la placette des Tilleuls, parlant peu, sans presque jamais se regarder en face, restant de longs moments à marcher côte à côte en silence. À moins que Langlois soit à Saint-Baudille.

— Et toi, à partir de ce moment-là, combien de fois l'as-tu mise ta belle robe ? Soit pour aller à Saint-Baudille le rejoindre, les rejoindre ; soit pour faire la troisième muette dans la promenade sous les tilleuls ?

— Midi à quatorze heures, disait Saucisse. Qu'est-ce qu'il y avait d'extraordinaire que Langlois aime à parler de la marche du monde ? Nous l'avons fait bien avant de nous promener sous les tilleuls. Ce n'était qu'une continuation. On a commencé à en parler le premier soir qu'il est arrivé. Il n'avait pas encore sorti sa pipe de son havresac. J'ai vécu, moi. J'en ai vu des vertes et des pas mûres. Je le sais que tout irait sur des roulettes, s'il y avait des roulettes. Mais il n'y a pas de roulettes. À l'endroit où il devrait y avoir des roulettes il y a des boulons. Il aimait parler avec ceux qui ne sont pas tombés de la dernière pluie. Et Mme Tim n'est pas tombée de la dernière pluie. Et qu'est-ce qu'il y a d'extraordinaire que je me mette propre pour aller avec ces gens-là ? Est-ce qu'il n'était pas propre, lui ? Est-ce que Mme Tim ne l'était pas ? Vous auriez voulu que je sois comme une tenancière ?

Le matin de la battue au loup je vous vois encore. Vous ouvriez des yeux comme des soucoupes. Il y avait de quoi rire ! Ne cherchez pas midi à quatorze heures.

Il m'avait dit : « Si tu peux te faire belle, je t'invite. »

Je m'étais faite belle. Le traîneau ? Mme Tim l'aurait envoyé à Jacques, Pierre ou Paul si Langlois lui avait dit : « Envoyez le traîneau à Jacques, Pierre ou Paul. »

Oui, je suis allée souvent à Saint-Baudille les rejoindre en effet. Et ils n'ont peut-être pas fait deux promenades sur la placette des Tilleuls sans que j'y sois ; c'est exact. C'est tout

simplement que, quand on commence à parler de la marche
du monde, on n'a jamais fini d'en parler.

— Pourquoi brusquement après la chasse au loup ?

— Ah ! Eh bien, vous vous êtes rendu compte que c'était
quand même quelque chose d'extraordinaire. Ça nous avait
frappées, Mme Tim et moi. Les amitiés naissent souvent de
ça. Ce qui vous étonne peut-être c'est que, quand vous
m'avez vue dans Chalamont, je portais une ouatine que
m'avait prêtée Mme Tim. C'est ça ? C'est peu de chose.
Vous m'avez vue vous servir des verres, trinquer à l'occasion et faire le quatrième quand il manque. Mais ça n'était
pas sous ce jour-là que j'avais mon utilité chez Mme Tim.
Dans la marche du monde, il y a pas mal de choses qui ne
vont pas toutes seules : tout, pourrait-on dire. On aime bien
savoir pourquoi. J'étais tout à fait incapable de dire pourquoi, mais j'étais fort capable de dire ce que j'avais constaté
quand certaines choses ne marchaient pas pour moi. On
n'apprend pas tout dans les couvents, même avec des vol-
cans à la porte. Je n'ai jamais eu de volcan à ma porte mais
je sais très bien ce que c'est qu'un dimanche après-midi dans
une ville de garnison. Mme Tim trouvait que mon point de
vue éclairait fort les choses. Cet échange de points de vue
mène assez loin. Je parle des femmes. Il mène facilement
jusqu'à prêter une ouatine. Et, pourquoi étions-nous à Chalamont ? voulez-vous peut-être demander. Et non pas à Saint-
Baudille, bien au chaud dans le salon, à siroter l'eau-de-vie
de cerise ? Eh bien, tout simplement parce que nous tenions
beaucoup à voir de quelle façon le monde marchait au fond
de Chalamont. Vous n'allez pas me dire que Chalamont ne
fait pas partie du monde ? Alors, on a bien le droit. Si on
s'intéresse...

— Et le procureur ? disions-nous.

— C'était aussi un amateur, disait-elle, de la marche du
monde au fond de Chalamont. Le comportement des âmes
qu'on rencontre, même au fond des couvents, des salons, des

villes de garnison et des familles n'apprend pas grand-chose si on ignore comment se comportent les âmes qu'on rencontre au fond de Chalamont.

Nous disions : « D'accord. Entendu. Mais alors, tu vas nous expliquer quelque chose. D'où vient que Langlois avait perdu sa belle humeur ? » Elle se souvenait bien du jour où on l'avait vu pour la première fois. Admettons que nous ayons été dans des circonstances particulières ce soir-là et qu'on l'ait accueilli comme le Messie. Mais, est-ce qu'on s'était trompé, ou bien est-ce qu'il était vraiment bon vivant comme il nous avait semblé qu'il était ? Et, quand il revint chez nous, avec son chapeau tromblon, le moins qu'on puisse dire, c'est qu'il engendrait la mélancolie.

— C'était un bon garçon, disait-elle. Il n'engendrait pas du tout la mélancolie. Quand il est arrivé ici pour la première fois, il fallait être désorienté comme vous pour croire qu'il était résumé avec sa pipe en terre et ses bottes. D'ailleurs, il vous l'a fait voir. Avec des états de service comme les siens on ne s'amuse pas à rire. Il a fait l'Algérie. Il était à Oran avec Desmichels et à la Macta avec Trézel et il disait que ce n'était pas de la peau de lapin que de se faire foutre la frottée par des arbis déguisés en femmes. Ceux qui étaient là et qui s'en sont tirés, il fallait qu'ils en aient dans le ventre. D'abord. Ensuite, ils se sont fait la réflexion que c'était déjà très bien d'être vivants sans encore réclamer d'être des « bons vivants ». Après ils se sont rendu compte que tout ne s'arrangeait pas avec une assiette de soupe (et ça alors, je peux vous dire que je n'avais pas eu besoin du général Bugeaud pour l'apprendre. Il est vrai que moi, je travaillais sans tambour ni trompette. Et ça y fait). Total, il pesait le pour et le contre. La pipe et les bottes, c'était du décor. Et les trois médailles, c'était du décor. Ce qui n'était pas du décor, c'est quand il avait installé ses sentinelles, qu'il vous avait bouclés dans vos maisons, qu'il avait organisé ses patrouilles, qu'il revenait chez moi et qu'il me disait :

« Assieds-toi, on va parler de la marche du monde. »

Car, disait-il, rien ne se fait par l'opération du Saint-Esprit. Si les gens disparaissent, c'est que quelqu'un les fait disparaître. S'il les fait disparaître, c'est qu'il y a une raison pour qu'il les fasse disparaître. *Il semble qu'il n'y a pas de raison pour nous, mais il y a une raison pour lui. Et, s'il y a une raison pour lui, nous devons pouvoir la comprendre. Je ne crois pas, moi, qu'un homme puisse être différent des autres hommes au point d'avoir des raisons totalement incompréhensibles. Il n'y a pas d'étrangers. Il n'y a pas d'étrangers; comprends-tu ça, ma vieille?*

Tu parles si je comprenais! J'ai gagné ma vie en touchant des deux épaules. Jamais debout. S'il y avait eu des étrangers et si quelqu'un avait des chances de les rencontrer, c'était moi.

« Et c'est pourquoi je te le demande, ma vieille », disait Langlois.

Il y avait des fois où il était sentimental *comme Job.*

Je n'aimais pas beaucoup me souvenir de mes états de service; en face de lui j'avais envie de jurer tout ce que je savais. C'est pourquoi une fois je lui ai répondu:

« Tu dis que rien ne se fait par l'opération du Saint-Esprit et moi je dis que peut-être tout se fait par l'opération du Saint-Esprit précisément. »

J'avais dit ça en l'air, pour me débarrasser de mille autres visages, mais il fut cloué. Je me demande pourquoi!

« Peut-être, dit-il, et ça ne serait pas gai. »

Au bout d'un moment il ajouta: « Et si tout ou rien c'est pareil, comme tu dis, c'est encore moins gai. »

Je n'ai pas été étonnée de le voir revenir avec son gibus à envoyer tout le monde au bain.

Il y a beaucoup de choses que vous ne savez pas. Battue au loup, d'accord. C'était beau à voir, mais les grands combats ne se font pas sur les théâtres.

Il s'était déjà trouvé au fond de Chalamont avec ses gendarmes et Frédéric II. Il avait été obligé d'improviser sa chansonnette. Et, à mon avis, c'était pas trop mal pour quelqu'un qui, à ce moment, ne disposait que de l'expérience de ses propres états de service. Ce n'est pas avec quelques mots en l'air que j'avais pu beaucoup l'aider.

Pour vivre la vie que j'ai vécue, il faut en prendre son parti. Pour vivre n'importe quelle vie, il faut en prendre son parti. Nous avons beaucoup discuté d'états de service avec Mme Tim et le procureur (voilà ce que nous faisions) et Mme Tim et le procureur en avaient pris leur parti, chacun en ce qui les concernait, mais le soir de la battue aux loups j'ai vu que Langlois n'en prenait pas son parti quand il en fut encore réduit à cette improvisation qui consistait à tirer très vite deux coups de pistolet à la fois.

Il se rendait bien compte que ça n'était pas une solution.

Cinq mois après, un soir, il m'a dit : « Tiens-toi prête pour demain. » C'est le jour où vous nous avez vus partir en boghei : Mme Tim, lui et moi. Il m'avait prévenue la veille de la façon que je vous dis.

C'était le printemps. Il pleuvait. C'est lui qui conduisait, Mme Tim assise à côté de lui et moi à côté de Mme Tim. Tous les trois sur la même banquette, face à la route. Nous avions relevé la capote et bouclé le tablier de cuir sur nos jambes. Je ne savais pas où il nous menait. Je croyais que Mme Tim le savait. Mais quand, après Clelles, nous avons pris la première traverse à gauche vers les bois, elle m'a regardée d'un air interrogateur. Je lui ai fait comprendre que moi non plus.

Deux lieues à travers des arbres qui frottaient la capote et dans des ornières qui nous pilaient les uns contre les autres. On a débouché sur la route forestière. On a pris du côté de Menet. J'ai compris que la traverse que nous venions de passer avait servi à éviter Chichiliane.

Et nous montons. Au pas. J'avoue que, dans la petite pluie fine, serrés tous les trois l'un contre l'autre, le souffle des odeurs fraîches et surtout pas un mot, c'était exquis.

Nous arrivons au col. Nous passons du côté du Diois. Il ne pleuvait plus. Les nuages étaient en paille hachée. Je me dis : « Ça n'est plus pareil. » En effet, ça ne l'était plus. Nous descendions. Au bout d'une heure les montagnes avaient repris leur place en l'air et nous, en bas, à nous faufiler entre, jusqu'au village.

Il arrête devant l'auberge. Nous nous serions fait tuer, Mme Tim et moi, plutôt que de dire un mot. D'un clin d'œil nous nous sommes regardées et nous l'avons regardé. Du même mouvement nous avons pris nos petits sacs à main pendant qu'il débouclait le tablier. Et nous avons mis pied à terre.

C'était un bel homme, vous savez ! Peut-être pas un de ceux qui plaisent aux filles : un de ceux auxquels pensent les femmes. Il ne faisait pas beaucoup de courbettes mais la main qu'il tendait était ferme. Et j'aimais beaucoup qu'il soit préoccupé de plus que moi, comme on le voyait à ses yeux. Mais que, malgré tout, il consente à nous prêter son bras et son épaule pour descendre de voiture donnait à ce bras et à cette épaule une valeur sans prix. C'était l'opinion de Mme Tim.

Que je meure sur place si ce jour-là je n'ai pas pensé la première : « C'est dommage ! » De quoi ? Je ne savais pas. Je savais seulement que c'était dommage.

Et je suis sûre de l'avoir pensé la première car, au moment où je le pensais, Mme Tim n'y pensait certainement pas encore puisqu'elle demanda si on allait manger. C'étaient les premiers mots qu'un de nous trois prononçait depuis le départ du matin.

Je suis sûre que Mme Tim s'est forcée pour les faire sortir et qu'elle a dû se dire : « C'est moi qui aurai le plus d'audace ! »

Non, c'était moi qui ne disais rien mais qui pensais : « C'est dommage ! »

Nous allions presque toujours du même pas, Mme Tim et moi, mais dans quelques occasions, dans celle-là notamment, je passais devant ; j'étais partie du rang, comprenez-vous ?

C'est à table que, pour la seule fois de ma vie, j'ai vu un visage souffreteux à Langlois. Et savez-vous pour quoi faire ? Pour nous dire cette chose idiote :

« Est-ce que vous n'auriez pas besoin d'une bonne brodeuse ? » Et il ajouta, mais alors bête comme une oie : « Elle fait de la dentelle aussi. Il y a dans ce village une femme, très forte... »

Pauvre Langlois ! À Mme Tim et à moi ! Qui savions nos leçons sur le bout du doigt ! Nous avons eu aussitôt la même voix étonnée, ravie pour dire :

« Mais si ! », à croire que, sans brodeuse, notre vie avait été jusqu'ici un phénomène de cirque.

Et je regardais Mme Tim : candide comme une première communiante. Je devais être pareille. Peut-être même mieux.

Voilà mon Langlois ! (Ce n'était pas mon Langlois, c'est cette vache de Delphine qui dit ça. Ce n'a pas été mon Langlois. Je suis née vingt ans trop tôt. Si j'étais née vingt ans plus tard, il serait encore vivant.) Voilà notre Langlois rassuré et même joli cœur (et je me disais : « Va toujours, tu ne te forceras jamais plus que ce que je me force ») qui nous explique : il y avait ici une brodeuse ; une dentellière ; une fée — ce fut son mot. — Il regarda l'effet qu'il produisait. Pauvre Langlois ! Mme Tim et moi ! Il produisit l'effet de l'eau sur des fleurs vous pensez bien. Il avait dû le tourner et le retourner ce mot. Et, où était-il allé le chercher ? Cette fée élevait son petit garçon et était recommandée par les conseils de fabrique plus encore pour sa conduite exemplaire que pour son habileté manuelle.

Je n'ai jamais été recommandée par aucun conseil de fabrique ; il est vrai que je n'ai pas élevé de petit garçon et

ma conduite a été loin d'être exemplaire mais, tout en pompant la sauce de mon bœuf en daube avec de la mie de pain,
j'ai trouvé et j'ai prononcé le plus naturellement du monde
les mots qu'il fallait pour que Langlois ne s'emberlificote
pas plus longtemps dans d'autres mots qui n'avaient rien à
faire avec nous et pour lui faire comprendre que nous étions
ses amies aussi bien ici que chez nous. Et que les fées aillent
se faire refaire! N'est-ce pas vrai? Avec des amies on ne
doit pas avoir besoin de tourner autour du pot.

Mme Tim me caressa tout doucement la mitaine. Je
n'avais pas élevé la voix. J'avais dit ce que j'avais à dire. Il
m'embêtait avec son air souffreteux. Ce n'était pas un air
pour lui. Si on avait attelé le boghei, si Mme Tim était venue
seule — et elle avait peur des chevaux de Saint-Baudille —
jusque chez nous et si tous les trois nous étions venus
jusqu'ici à travers la pluie, les hauts et les bas, ce n'était pas
pour le voir timide. Il n'avait qu'à dire franchement ce qu'il
voulait, comme toujours. C'est comme ça qu'on l'aimait.

Il le dit. Je crois qu'il ne fallait jamais défier Langlois. Au
surplus, il nous fit comprendre carrément — surtout à moi, et
avec un sourire rouge qui m'était spécialement destiné —
que ça n'était pas pour nous ménager s'il y avait mis
des formes. C'était parce que lui-même au dernier moment
hésitait. Maintenant qu'il n'hésitait plus, voilà de quoi il
s'agissait.

Une femme était venue se fixer dans ce village : pour des
raisons qu'il jugeait inutile de nous apprendre. Il suffisait de
nous dire qu'elle n'était pas d'ici; qu'elle avait été obligée
de venir ici pour des raisons que nous n'avions pas besoin de
connaître. Non pas qu'il ait le moindre doute à notre sujet,
mais au contraire pour que nous ayons ainsi toute la liberté
d'esprit nécessaire pour faire ce qu'il désirait que nous
fassions.

Il voulait entrer chez cette femme, mais entrer pour ainsi
dire comme un homme invisible. Sans quoi il n'aurait pas eu

besoin de nous. Il lui aurait suffi (comme il disait) de frapper à sa porte, de lui dire « Bonjour, madame », de lui demander n'importe quoi, à la suite de quoi il entrait et, s'il avait suffi d'entrer, c'était fait.

Il n'était pas question de ça.

Il voulait entrer — il lui suffisait, pensait-il, d'entrer dans la pièce où elle recevait tout le monde. Il n'avait pas besoin, pensait-il, de voir les autres pièces, les chambres ou n'importe quoi. — Il voulait donc entrer chez cette femme et avoir la permission de rester là, assis, autant que possible ignoré ou oublié.

Il voulait simplement prendre l'air de la maison, c'est-à-dire avoir le temps de tout regarder autour de soi. Se mettre dans la peau. Il avait cherché ; il avait combiné ; il y pensait depuis longtemps ; voilà ce qu'il avait trouvé.

Il était exact que cette femme avait une habileté extraordinaire. Elle gagnait sa vie et celle de son enfant (enfin, tout au moins depuis qu'elle était fixée dans ce village) en faisant des travaux de broderie et de dentelle. Le couvent des Minimes et ces messieurs en général, ces dames aussi d'ailleurs, lui procuraient du travail à exécuter sur des trousseaux de mariage. Donc, voilà une entrée en matière.

Il voulait que, tous les trois : Mme Tim, lui et moi, nous allions frapper à la porte de cette femme. Nous serions censément : Mme Tim une dame qui a une fille à marier ; lui Langlois serait par exemple un ami de la famille ; on le présenterait rondement, sans insister, de façon qu'il soit présenté mais comme quelqu'un sans grande importance ; moi je serais, mettons une amie également, ou une tante, si Mme Tim n'y voyait pas d'inconvénient. On le ferait asseoir dans un coin en lui disant : « Prenez patience, nous allons parler de choses qui n'intéressent pas les hommes » ; et nous, Mme Tim et moi, nous examinerions d'abord le travail de cette femme, puis, nous lui passerions une commande. Une commande véritable ; c'est-à-dire qu'il était tellement

important que cette femme ne se doute pas de la supercherie
(c'est une question d'humanité très grave à laquelle je tiens
beaucoup, dit Langlois, et il ajouta : « Si je savais qu'un jour
elle puisse douter de quoi que ce soit au sujet de notre visite,
je ne dormirais jamais plus la nuit parce que j'imaginerais
constamment cette femme éperdue en train de fuir à travers
le monde, alors que je ne lui veux que du bien »), c'était
donc tellement important qu'il fallait lui commander un vrai
travail dont on prendrait livraison en temps opportun (cela
lui ménageait d'ailleurs ainsi la possibilité d'une deuxième
visite au cas où il la jugerait nécessaire), un vrai travail
qu'on paierait.

À Mme Tim et à moi, dit-il, de voir si nous avions vraiment besoin de dentelles. Il ne savait pas.

— On a toujours besoin de dentelles, dit Mme Tim.

— Mais, en aurait-on besoin au point de pouvoir rester
par exemple une bonne heure chez cette femme ?

— Au point d'y rester une semaine, dit Mme Tim. Elle
m'avait volé les mots de la bouche ; et elle s'en rendit
compte car elle continua à me caresser gentiment la mitaine.

Alors, c'était parfait. Et je tirai la conclusion : « Qu'est-ce
qui peut ne pas être parfait avec nous ? » dis-je. Langlois me
regarda avec beaucoup de reconnaissance.

La femme habitait dans la partie vieille du village. En bas,
près de l'auberge, il y avait des maisons chic. J'avoue que la
ruelle que nous suivions n'était pas très engageante. Il y
habitait des carriers d'ocre et la poussière rouge qu'ils char-
riaient dans les semelles de leurs souliers ensanglantait les
suintements d'éviers.

(Ces villages du versant du Diois ne sont plus du tout
pareils aux nôtres. C'est le jour et la nuit. Chez nous tout est
fait pour la vache et pour la scierie. Ici c'est tout de suite tout
pour la noblesse et l'histoire. Histoire, je veux dire histoire
de France bien entendu, mais aussi fourrer son nez dans
ce qui ne nous regarde pas. Il y a presque toujours de vieux

châteaux dans ces villages et les maisons sont serrées contre, même en ruine.)

Je me disais : il n'est pas possible qu'une femme tant soit peu propre puisse habiter dans ces endroits. Les maisons étaient en lambeaux noirâtres, mais nous montions par ces ruelles à une sorte de coteau sur lequel, par des échappées entre les maisons écroulées, on voyait se dresser les ruines de quelque chose qui avait dû être important.

À mesure que nous montions, l'endroit devenait, sinon plus correct, en tout cas plus aimable. Il y avait de l'herbe dans la rue et, à travers les décombres des maisons franche-ment écrabouillées, on voyait en bas une belle petite vallée avec un ruisseau, des aulnes, une route bordée de peupliers, un petit marais, des roseaux bruns, un moulin, des saules et même une toute petite ferme méridionale blanche, des pla-tanes, et probablement un mûrier. Et la petite vallée s'en allait comme ça vers le sud, avec tout ce que je vous dis, qui peu à peu dans l'éloignement se rapetissait, se fondait en une sorte de couleur d'omelette aux herbes.

Et cinquante pas plus haut, en face de cette vue reposante, il y avait une maison, entière, bien conservée et très propre. Ses fenêtres de rez-de-chaussée étaient protégées de bonnes et belles grilles de fer, bombées en ventres, comme je les aime.

J'ai toujours eu envie de grilles semblables à mes fenêtres. J'ai toujours rêvé d'habiter une maison dont les fenêtres seraient protégées par des grilles bombées. Cherchez pour-quoi ? Sans doute la même idée qu'avait eue cette femme. Car sûrement elle habitait là. Une idée de femme seule ; une idée de femme qui a charge d'âme : petit garçon, ou soi-même, des fois ça suffit comme charge.

En effet, elle habitait là.

J'étais naturellement toute disposée à trouver la fée abo-minable. Sans doute quelque souris blanche de sacristie (sans pouvoir m'expliquer alors le désir de Langlois). Mais, pas du tout.

C'était une femme d'un certain âge, entièrement grise sauf ses vêtements qui étaient noirs et ses yeux qui étaient du bleu le plus bleu. Quoiqu'ils soient si bleus, ils ne donnaient pas du tout cette impression de jeunesse que donnent les yeux bleus aux vieux visages, ou aux visages fripés, ou aux visages fatigués. Comment était son visage ? Je crois pouvoir dire qu'il était inquiet si on comprend une inquiétude qui fatigue, qui use et qui vieillit.

En ouvrant sa porte, après notre coup de heurtoir, elle n'avait d'abord aperçu que Mme Tim et moi; elle nous dit fort gentiment d'entrer. Alors, Langlois qui s'était tenu de côté se montra et il me parut que cette femme hésitait et même qu'elle restait en travers de la porte, mais enfin elle s'effaça et nous invita tous les trois à poursuivre vers une autre porte ouverte qui prenait dans le corridor.

Mme Tim avait pris l'initiative et touchait déjà quelques mots de l'affaire pendant que nous parcourions le couloir. La femme nous fit entrer dans une pièce qui nous parut à la fois obscure, sur le moment, et immense puisque la fenêtre — une de celles aux grilles bombées — ne réussissait pas à l'éclairer tout entière.

On ne voyait que cette fenêtre pleine de la petite vallée dont je vous ai parlé. La femme s'excusa du peu de lumière et nous guida vers cette fenêtre où riait le ciel de paille hachée.

Elle éclairait quelques mètres carrés dans lesquels on voyait alors un très beau fauteuil de tapisserie très fraîche; une table de jeu d'un luxe inouï en marqueterie d'ivoire et d'ébène; une chaise galbée avec des pieds soignés comme des crosses de violons et enfin, bien au milieu de la clarté, une « travailleuse » chargée de tout un bouillonné de toiles en œuvre sur lequel était posée une paire de grosses lunettes à monture d'acier.

J'entendais parler Mme Tim. J'aurais été bien empêchée de répéter ce qu'elle disait. Je me demandais ce que Langlois venait chercher là. Et j'essayais de regarder un peu à droite et à gauche. Sans commettre d'imprudence. La curiosité me soûlait un tout petit peu.

J'imagine qu'elle devait également soûler Mme Tim car elle ne s'arrêtait pas de parler, comme un ivrogne qui veut aller, ne s'arrête pas de marcher, de peur de tomber, et même parfois se met à courir. C'est alors qu'il tombe d'ailleurs; et, tout en étant soûle, j'avais très peur de voir tomber Mme Tim; et je me disais : elle parle trop vite et elle en dit trop.

Ce devait être aussi l'opinion de Langlois car il toussa.

Ce devait être aussi l'opinion de la femme car elle ne cessait de faire aller son regard de Mme Tim à moi, de moi à Langlois, de Langlois à Mme Tim.

Enfin, j'entendis un peu moins la voix de Mme Tim. Je me dis : ça y est, c'est raté. Je regardais obstinément dans un coin d'ombre. Je ne voulais pas être en face du regard bleu quand il comprendrait que les grilles bombées ne protègent pas de tout.

Et j'entendis la voix de la femme qui répondait posément à des questions posées et fort précises de Mme Tim.

Et je m'aperçus que Mme Tim avait réussi le tour de force de ressembler trait pour trait à une grosse bourgeoise de petite ville et même de village. La femme était rassurée. Elle parlait de qualité de fil. Elle avait mis ses lunettes et, dans le jour de la fenêtre, elle démontrait à Mme Tim que son fil était pratiquement inusable. Nous étions sauvés.

Je regardai Langlois : il était blanc comme un linge.

Ce fut Mme Tim qui nous dit très sèchement :

— Asseyez-vous donc tous les deux.

Exactement comme l'aurait fait une bourgeoise pleine de ses sous, qui est chez elle partout et encore plus chez une lingère qu'elle prend à son service.

Ah! je dois dire que Mme Tim était belle comme le jour!

Que pouvait faire la petite femme grise à part de montrer soigneusement que ses soies étaient de parfaite qualité et que son travail n'admettait pas le plus petit écart dans les piqûres d'aiguilles? Ce qu'elle montrait avec un affairement de fourmi, obligeant Mme Tim à aller se coller avec elle contre les carreaux de la fenêtre pour examiner les points. Ce que Mme Tim faisait en poussant de petits grognements fort grotesques pour ceux qui la connaissaient, connaissaient son âme pleine d'étangs et de verveines, et sa tête pleine d'oiseaux sauvages.

— Me permettez-vous, ma bonne? dit Mme Tim, et, comme son importante position bourgeoise le lui permettait suffisamment, elle prit un siège près de la travailleuse sans attendre d'autre permission.

— Venez donc un peu voir ici, me dit-elle alors.

Elle m'avoua par la suite qu'elle n'avait pas du tout besoin de moi, qu'elle se chargeait fort bien de continuer la comédie, que d'ailleurs, déjà à ce moment-là, ce n'était plus de la comédie. Elle avait vu le travail de cette femme et c'était un travail tout à fait remarquable. Elle avait vu aussi les doigts de la brodeuse comme rongés par un acide; elle avait vu, à travers les verres des lunettes, les yeux bleus bordés de rouge. Et, ajouta-t-elle, je ne suis pas sentimentale, pas comme une grisette en tout cas; mes sentiments, s'ils sont impérieux, ont une voix assez sauvage; j'aurais pu voir des doigts usés et des yeux rougis sans cesser d'être parfaitement indifférente. Je sais combien il est facile d'avoir les doigts usés et les yeux rougis et néanmoins ne pas valoir un liard. Et c'est même souvent parce qu'on ne vaut pas un liard qu'on a les doigts usés et les yeux rougis. Mais ce que je vis, surtout dans cette femme, c'est le halètement de biche poursuivie qui se calmait peu à peu à mesure que je parlais, à mesure que je m'intéressais à son travail, à mesure que j'arrivais peu à peu à la persuader que c'était bien pour lui commander du travail que j'étais entrée chez elle.

J'avoue (continua Mme Tim) que je sacrifierais volontiers ma vie pour rassurer une biche ou pour rassurer un léopard. J'aime rassurer. Ce n'était donc plus de la comédie. Je rassurais la biche très franchement et en y mettant tout mon cœur. C'est d'ailleurs pourquoi j'y réussissais si bien. Non, je vous ai appelée près de moi parce qu'au fond vous n'aviez pas plus de droits que moi d'être éclairée sur ce que Langlois venait faire ici. Du moment que vous ne vous occupiez pas de la femme, vous pouviez vous occuper de Langlois. Vous ne vous en priviez pas d'ailleurs, comme je m'en apercevais du coin de l'œil. Et, eussiez-vous découvert quelque chose, vous ne m'en auriez pas touché un mot.

Ça c'est vrai. Mais elle se trompait. Je surveillais bien en effet Langlois et j'écarquillais mes yeux sur les ombres de cette grande pièce sombre, au fond desquelles commençaient à apparaître des formes vagues et des éclairs d'or, mais je pensais à tout autre chose.

Savez-vous à quoi? Eh bien, j'étais jalouse. Oh! Ça m'arrivait souvent — jalouse de Mme Tim qui se rendait si utile, qui rendait un si grand service à Langlois. J'aurais voulu que ce soit moi qui le lui rende, ou tout au moins participer. C'est pourquoi quand elle me dit : « Venez donc un peu voir ici », je m'approchai au contraire bien volontiers.

Langlois, après avoir été blême, avait légèrement détourné la tête pour se recouvrir le visage d'ombre et dissimuler son contentement. Il ne pouvait rien me dissimuler. Je voyais encore le coin de sa bouche et la patte-d'oie de son œil gauche. Ça me suffisait. J'étais sentimentale moi aussi. C'est ça qui me rendait jalouse. Il avait ensuite trouvé un fauteuil près de lui et il s'était assis.

Mon rôle était facile. Je ne suis pas bête moi non plus. Il me suffisait d'approuver Mme Tim, de surenchérir un tout petit peu même parfois. Puis, de façon détournée (comme si

je ne me reconnaissais pas qualité pour prendre de front
Mme Tim) mais détournée si habilement que la brodeuse
devait pouvoir se rendre compte du détour (comme si, malgré ma position subalterne, j'avais assez de goût cependant
pour ne pouvoir retenir mon admiration devant ce beau travail, ce qui est toujours le cas pour les positions subalternes :
cousines pauvres, cadettes déshéritées) je devais abonder
vaguement dans le sens de la brodeuse. Vous voyez que moi
aussi je connaissais la musique. Je le fis très bien. Je vous
l'ai dit : c'était très facile.

Si facile que je le faisais machinalement et que j'avais loi-
sir de voir Langlois et la grande chambre qui, maintenant,
sortait de l'ombre.

Je n'en vis d'abord que des dorures.

Des fils d'or, des feuillages d'or dont les uns étaient des
reflets sur des galbes de meubles, et les autres les rameaux
de grands cadres à portraits, finirent par placer autour de moi
les trois murs qui manquaient encore. Contre le mur opposé
à la fenêtre, mais éloigné au moins de vingt pas (nous
apprîmes par la suite que cette maison était l'ancienne hôtel-
lerie du vieux couvent dont nous avions vu les ruines domi-
ner le coteau), je pouvais distinguer maintenant une très
grande bergère au dossier en larges feuilles de trèfle, à côté
d'un coffre de mariage très ventru auquel, un peu plus tard,
le soleil qui perça enfin vers le soir le ciel de paille hachée fit
apparaître des pieds en pattes de lion et des pectoraux de
grands feuillages profondément taillés. Au-dessus, il y avait
un portrait ovale dont le cadre luisant, fluide comme un
rameau d'osier, contenait du rose, du vert tendre et du bleu,
en forme, vaguement, de jeune fille. Contre un des murs per-
pendiculaires au mur percé de la fenêtre et dans lequel était
la porte par laquelle nous étions entrés, il y avait une haute
armoire paysanne, non pas installée en belle place comme
l'on fait d'ordinaire, mais rencognée de telle façon qu'elle
avait pu permettre d'aligner à côté d'elle un buffet et une

crédence ; comme à l'encan. L'ensemble de la pièce faisait également un peu garde-meuble.

En dehors de la travailleuse chargée de toile en travail près de laquelle nous étions, de la somptueuse table de jeu marquetée, du fauteuil de tapisserie, de la chaise fignolée comme un instrument de musique, il y avait, dans l'ordre, s'éloignant dans l'ombre : une lourde table ronde sculptée, un tabouret de piano, un fauteuil crapaud, un petit canapé bas, une méridienne et quelques objets noyés trop loin de la fenêtre sur lesquels je ne pouvais pas mettre de nom.

Je ne regardais que par furtifs coups d'œil et je mis plus d'une heure à inventorier ce que je vous dis en cinq minutes ; me rendant de plus en plus compte, au fur et à mesure, qu'on avait dû entasser là ce qui ailleurs était sans aucun doute l'ameublement de toute une maison.

Cela sentait la fuite d'Égypte et la fourmilière. Ajoutez l'inquiétude de la femme grise, les grilles bombées des fenêtres : c'étaient sûrement des débris de fortune, emportés et resserrés.

Presque entièrement dans l'ombre, au milieu des objets à formes imprécises, je voyais l'épaule de Langlois. Il était assis profondément dans un fauteuil à oreillettes. Sans le drap clair de sa redingote, je n'aurais même pas pu reconnaître son épaule.

Je pris pour prétexte l'examen d'un tablier de satin bouillonné et orné de volants de dentelle qui, d'après la femme grise, devait accompagner une toilette de visite en cachemire prune, pour changer de place et tâcher d'apercevoir un peu mieux Langlois.

Il s'était enfoncé le plus possible dans le fauteuil. Je pus apercevoir, plus noire que l'ombre, l'aile de corbeau d'une de ses tempes.

Il faisait face à la partie la plus obscure de la pièce. Il ne bougeait pas.

Je plaçai le tablier devant moi de telle façon qu'en manifestant une admiration profonde et un peu prolongée je pus me rendre compte que la peau de la tempe de Langlois était lisse et sans un pli : c'est qu'il était en contemplation.

Il ne me fut pas possible de voir tout de suite ce qu'il regardait.

Nous en étions, Mme Tim et moi, à une pelisse d'enfant aux soutaches et broderies, ouatée et piquée de plumes frisées, ce qui était l'engouement de l'époque et faisait trembler d'appréhension et de désir la femme grise. On n'avait jamais entrepris tel travail chez une ouvrière de la campagne, mais Mme Tim lui disait qu'elle en était capable. Et Mme Tim disait qu'elle était disposée pour sa part à payer les fournitures et à accepter tous les risques. Et les mains de la femme grise tremblaient parce qu'alors c'était une très riche commande.

Langlois regardait un portrait accroché sur le mur le plus sombre.

Je dis un portrait à cause de la forme des berges d'or de son cadre : rectangle étroit, debout comme un homme. Homme ou femme, c'était certainement quelqu'un de debout dans l'ombre ; en pied, presque grandeur naturelle. La lumière de la fenêtre reflétée par le bois poli de la grande table ronde jetait quelques lueurs mais j'étais trop loin et trop éblouie par la blancheur du linge que nous examinions pour distinguer autre chose que de vagues formes brumeuses qui devaient être des mains, et enfin conclure, par l'ensemble du corps de bitume, que ce devait être le portrait d'un homme.

De l'endroit où il était, et surtout après la précaution qu'il avait prise de s'abriter derrière les oreillettes du fauteuil, Langlois avait dû suffisamment habituer ses yeux à l'obscurité pour pouvoir distinguer sans doute comment ces mains s'emmanchaient sur un corps, comment ce corps se dressait, et peut-être même était-il arrivé à voir le visage que ce corps portait là-haut où moi je ne voyais rien, où l'instinct me disait d'ailleurs qu'il ne fallait pas regarder.

C'était entendu pour la pelisse d'enfant.

Mme Tim resta un temps inappréciable, peut-être deux secondes, suspendue en l'air, dans le silence. Depuis beaucoup plus d'une heure elle fournissait un effort très fatigant.

Je compris combien Langlois avait été amical en *tournant autour du pot*. Cet homme connaissait tous les mystères de la tendre amitié. Combien Mme Tim et moi aurions eu de fatigues, de remords et de peurs évités si nous avions accepté d'être parfaitement naïves et de bien vouloir commander des dentelles sans chercher à comprendre.

Ce que je vous dis là — encore une fois — dura le temps du silence fatigué de Mme Tim. Le temps de cligner de l'œil ; mais silence qui nous étrangla tous les trois comme le secouement de l'éclair. La femme grise n'en fut touchée qu'une seconde après nous : le temps d'un clin d'œil elle fut heureuse au point qu'elle souriait à un ange.

— Au sujet de la taie d'oreiller, dit péniblement Mme Tim.

Elle était à bout de forces et elle me jeta un regard désespéré.

Mais moi, dans ce rôle de cousine pauvre que j'avais pris, mon initiative était limitée. De quel droit serais je venue sur le tapis ?

Et d'ailleurs ce fut tout de suite trop tard. La femme grise répondit très poliment au sujet de la taie d'oreiller et elle fouilla dans la travailleuse pour trouver des modèles, mais d'une main molle. Au surplus, pour la taie d'oreiller, il n'y avait pas à discuter à perte de vue.

Je regardai du côté de Langlois.

C'est maintenant qu'il aurait dû nous donner signe de vie. Maintenant, il fallait que Mme Tim emploie ses dernières ressources à se dresser et à conclure. Et après, nous devions exécuter notre sortie.

Nous n'en pouvions plus ; il aurait fallu inventer de ne pas avoir pitié, à la fin, de cette femme grise.

Même la bourgeoise dont Mme Tim tenait le rôle devait en avoir pitié. Si elle voulait être vraie dans son rôle, c'était le moment de se dresser et de partir.

Quelque chose frôla la fenêtre. C'était un petit garçon qui écrasait son visage contre la vitre. Il avait les yeux bleus de la femme.

Je compris que, chaque soir, en sortant de l'école, il faisait pareil et qu'il collait son nez au carreau pour voir qui était dans la maison avant d'entrer. Car, ne nous ayant pas aperçus tout de suite à cause de l'ombre et du contre-jour, il avait encore une bouche d'enfant gourmand très paisible. Mais, dès qu'il nous vit, il recula précipitamment et il eut tout de suite l'allure d'une petite bête qui se demande de quel côté elle va courir se cacher.

Mme Tim perdit la tête et fouilla dans son sac à main : « La taie d'oreiller, disait-elle, les volants, les mouchoirs, la pelisse d'enfant. » Des mots sans suite dont elle comprenait bien qu'ils avaient perdu toute signification. Mais elle n'en trouvait pas d'autres.

Je me disais : « Que nous sommes bêtes ! »

Je voyais bien ce qu'elle allait faire. Je savais qu'à sa place j'aurais fait pareil. Je savais que c'était ce qu'il ne fallait pas faire. C'est ce qu'elle fit.

Elle tira sa bourse et sortit trois louis :

— Tenez, dit-elle bêtement.

— Non, madame, répondit la femme. Et elle recula, serrant ses poings.

— Si, tenez, dit Mme Tim, et elle approcha les louis des poings fermés.

— Non, madame.

— Tenez, tenez, dit Mme Tim, essayant bêtement de faire entrer les louis dans les poings fermés. J'entendis que la femme repoussa violemment la chaise derrière elle.

— Où est le monsieur qui était avec vous ? dit-elle.

Il y eut juste le petit silence qu'il fallait cette fois.

— Je suis ici, dit Langlois émergeant de son fauteuil. Je dormais. Avez-vous fini vos achats, chère amie?

Il se dressa. Il avait en effet les yeux gonflés de quelqu'un qui vient de se réveiller et les rayures du reps de l'oreillette avaient en effet marqué sa joue de petites zébrures rouges. Il ne fallait pas lutter avec Langlois.

— Excusez-moi, madame, dit la femme grise (elle souriait). Je ne sais pas, je suis fatiguée. Il y a trois nuits que je veille pour le trousseau de Mlle Michard. Je le fais volontiers, ce n'est pas ce que je veux dire, mais il arrive un moment où l'on n'est plus maître de ses nerfs (elle parlait dans cette paix exaltée des gens qui ont échappé à un danger).

Elle regardait, en continuant à sourire, Mme Tim puis Langlois (moi je ne l'avais jamais inquiétée), Langlois qui avait l'air encore bien plus bête que nous, avec sa joue marquée, ses yeux gonflés, sa bouche stupide aux coins encore graissés de la salive du sommeil (mais lui, je savais qu'il se forçait).

— C'est votre petit garçon? demanda Mme Tim.

— Oui, dit la femme, il revient de l'école. Il est timide. Nous vivons seuls.

Je me disais : pourvu que Mme Tim...

Je pensais à diverses choses, notamment au portrait d'homme que Langlois avait contemplé jusqu'à se gonfler les yeux et à s'imprimer les rayures du reps dans les joues.

Mais Mme Tim avait repris du poil de la bête. Elle ne demanda pas ce qui, depuis que j'avais vu les yeux et la joue de Langlois, me brûlait les lèvres (et devait les brûler aussi à Mme Tim) «Vous êtes veuve, n'est-ce pas?» Non. Mme Tim abandonna seulement un tout petit peu le rôle qui lui pesait (mais maintenant elle pouvait le faire sans risques) et elle réussit, avec sa gentillesse naturelle, à faire accepter les trois louis d'acompte.

— Je pense, poursuivit Saucisse sans s'interrompre, que vous êtes la crème des abrutis et la fleur des imbéciles, avec vos têtes en forme de vide-poches, de crachoirs et de pots de chambre. C'est à vous que je parle.

Nous étions toujours assis à côté d'elle, sur le gravier, dans le labyrinthe du *bongalove*. Les murailles de bois vert empêchaient qu'on nous voie de là-bas où Delphine allumait les lampes bien avant le soir, comme d'habitude.

C'est à nous qu'elle parlait mais ce n'était pas la première fois qu'elle nous engueulait. Nous avions l'habitude. Nous l'attendions. Et même, cette fois-là, elle n'en vint pas jusqu'à sa fameuse phrase où elle finissait par perdre le souffle (et on devait lui frapper dans le dos pour qu'elle reprenne sa respiration) dans laquelle nous étions pétris à même la putréfaction générale des hommes, des femmes, des enfants, des univers et des dieux.

Au début, cette phrase nous impressionnait un peu à cause de ce qu'elle disait des femmes et des enfants. Nous avions tous des femmes et des enfants. Et ça n'était pas gai d'entendre ce qu'elle en disait, de quoi ils étaient faits, d'où ils venaient et où ils allaient; et par le moyen de choses assez ordurières. À croire que nous passions notre vie, nous, nos femmes et nos enfants et que nous avions nos salles à manger dans les boyaux vivants d'une sorte de grosse bestiole. Puis, on vit qu'elle s'étranglait elle-même à force d'accumuler les ordures; alors, on lui frappait gentiment dans le dos.

Elle avait sa vieille bouche de quatre-vingts ans enfoncée dans ses os jaunes par des coups de poing qui avaient dû lui marteler la bouche pendant quatre-vingts ans et n'avaient réussi à la lui défoncer que depuis peu. Ses lèvres noires étaient très minces et, par-dessus, tremblaient les gros poils raides et blancs de ses moustaches clairsemées. Des poils aigus comme des dents de brochet.

— Et le moment où vous avez été, tous, comme du fromage de cul de vache (c'était dommage d'entendre un vieillard parler aussi mal), c'est dans la période qui suivit ce voyage que nous avions fait, Mme Tim, lui et moi. Au retour, malgré la nuit, il nous fit encore passer par ce chemin de traverse dans les bois, de façon à éviter Chichiliane.

Vous n'aviez pas remarqué qu'alors le procureur royal venait plus souvent qu'à son tour ? Vous n'avez pas remarqué que Mme Tim avait fait son quartier général de la placette des Tilleuls jusqu'au seuil de ma porte ; et qu'elle se promenait de long en large (vous avez peut-être cru que c'était pour vos beaux yeux) et que, lorsqu'elle était morte de fatigue, je lui disais :

« Entrez. »

Elle me disait : « Non. »

Je lui disais : « Je vais vous sortir une chaise. »

Elle me disait : « Non. »

Je lui disais : « De quoi avez-vous peur ? » alors qu'elle avait toujours, là-bas à Saint-Baudille, ses terrasses, ses roseraies, ses petits-enfants, qu'un cataclysme n'avait pas engloutis, j'imagine !

Elle nous mit encore plus bas que terre. Je ne vous dirai pas comment elle nous a traités ; ce n'est pas que ça nous salisse mais, de sang-froid, nous n'aimons pas trop parler de cette façon. Sur un coup de colère, oui, mais jamais comme elle. Elle nous disait tout ça posément. Elle nous mâchonnait entre ses petites lèvres noires et ses piquantes moustaches de brochet.

— Je vois arriver le procureur, dit-elle ensuite. Passent huit jours ; vous faisiez les foins. Je vois arriver Mme Tim. Elle n'entre pas. Elle regarde à travers ma vitre voir si j'y suis. Je lui fais signe d'entrer ; elle me fait signe que non. Elle s'en va ; je regarde où elle va. Elle marche par vos rues comme si elle prenait un peu l'air sur un boulevard de ville, plantant son ombrelle dans vos ruisseaux de purin ; relevant ses jupes au-dessus de vos ruisseaux de purin; choisissant des pierres propres pour y poser ses petits souliers de satin blanc. Vous couriez d'un côté et de l'autre, vous autres, parce que ce jour était noir et que vous craigniez l'orage pour vos foins. Et de te sortir des charrettes, et de te galoper avec les chars à travers champs.

Passent huit jours; je vois arriver le procureur. C'était huit heures du matin. À quelle heure avait-il dû partir de chez lui pour être là à huit heures du matin? Et même pas de chez lui : il habitait Grenoble; il y avait trois jours de route. D'où était-il parti pour être là à huit heures du matin? Avait-il couché à Clelles, à Mens? Où? Et pourquoi venait-il de Grenoble à travers la nuit, se glissant avec son boghei à travers la nuit jusqu'à Clelles, ou jusqu'à Mens où il couchait pour arriver chez moi le lendemain matin à huit heures? Il s'assoit; je lui donne son café. Il ne me dit rien. Il écoute Langlois qui siffle un petit air là-haut dans sa chambre, comme tous les matins quand il se rase. Nous sommes là tous les deux, lui assis, moi debout, et, entre nous, la table en marbre, le café dans un verre (parce que ce procureur ne boit le café que dans un verre, jamais dans une tasse) et, dans le verre, la cuiller à café. Nous écoutons. Langlois siffle. Nous savons qu'il se rase. Et, tout d'un coup, il ne siffle plus. Je m'appuie sur la table en marbre et la cuiller à café se met à cliqueter contre le verre. Et Langlois recommence à siffler. Il ne s'est arrêté que parce qu'il se rasait à un endroit difficile, ou près de la bouche, ou à la gorge. Je me remets d'aplomb et j'entre dans ma cuisine. Le procureur boit son café.

Vous autres, vous avez rentré le foin mais maintenant c'est les pommes de terre. Et encore! Même pas les pommes de terre de la récolte puisque la récolte c'est en octobre et que nous ne sommes qu'en juillet; c'est les pommes de terre nouvelles, les *rattes,* la gourmandise. Passent huit jours. C'est Mme Tim. Elle regarde à travers ma vitre voir si j'y suis. Mais cette fois c'est moi qui ouvre. Je lui dis : « Il est

peut-être sur la placette ; il y a cinq minutes qu'il est parti. »
Elle y va. Elle ne choisit pas les pierres propres. C'est une
grand-mère. C'est une dame. Elle court presque. Vous
autres, c'est le moment des rattes, en plein. Quand ça n'en
est pas un, c'est l'autre qui va à Pré-Villars avec sa bêche et
son panier.

Et Mme Tim n'a pas plus tôt tourné le coin de la rue que
j'entends trotter : c'est le procureur. Comment a-t-il fait pour
être là à trois heures de l'après-midi ? Où a-t-il couché ?
Est-ce que ce n'est pas tout à fait comme si, au lieu de mettre
trois jours pour venir cette fois, il n'en avait mis que deux ?
Je lui dis : « Il doit être sur la placette. Il y a une minute,
Mme Tim y est partie voir. » Je ne sais pas ce qu'on donne à
un procureur à trois heures de l'après-midi. « Oh ! du café,
dit le procureur, du café, » comme s'il n'a pas le temps de se
choisir autre chose.

Vous autres, alors, commence ce fameux moment où le
blé mûrit, va être mûr. La moisson. Passent huit jours... Ni
Mme Tim ni le procureur, mais moi, cette fois. Il est quatre
heures de l'après-midi. Je m'enlève mes pantoufles. Je
monte l'escalier pieds nus. Je saute la marche qui craque. Sur
le palier j'écoute. Devant la porte j'écoute. J'appuie mon
oreille contre le bois, j'écoute. Je regarde par le trou de la
serrure. Je vois deux jambes molles qui pendent du lit.
J'ouvre. Vous entendez ? J'ouvre !

En bas dans la rue il y a un de vous autres qui aiguise une
faux avec plus de deux mille petits coups de marteau idiots.

J'ouvre : c'est une paire de pantalons qu'il a installés sur
le bord du lit pour que le pli tombe. Et il est sorti, lui, à un
moment où je ne devais pas faire attention.

Ah ! Vous y êtes dans vos moissons vous autres ! S'il
s'agit de ne pas perdre une poignée de cette fameuse graine,
je vous assure que vous n'en perdez pas. J'en vois un même
qui revient du champ avec une poignée d'épis. Il a dû les

ramasser sur le chemin. Qu'est-ce que vous êtes? Des canaris?

Passent huit jours. C'est Mme Tim. Il est là, d'ailleurs. Il venait juste de descendre de sa chambre. Il me regardait pendant que j'étais en train de hacher des feuilles de blettes. Et je ne risquais pas de m'arrêter; si Mme Tim n'était pas arrivée je les réduisais en eau, de peur qu'il s'en aille si je m'arrêtais de hacher, si je relevais la tête.

Mme Tim l'invite. Elle l'invite. C'est soi-disant une fête qu'ils feront à Saint-Baudille dans trois jours. Il y aura ses filles, ses gendres, ses petits-enfants. C'est une sorte d'anniversaire. Elle parle un peu trop et un peu trop vite comme quand nous sommes entrés chez cette femme grise. Elle m'invite. Elle dit qu'on a écrit au procureur et qu'il a accepté.

Et là, Langlois se met à sourire.

J'ai compris son sourire plus tard. Un joli sourire. Le joli sourire qu'il avait, qui suivait par en dessous tout le petit serpentement de sa moustache. Car c'était cousu de fil blanc. Si le procureur avait déjà répondu, c'est que c'était combiné depuis longtemps. Et on le lui disait au dernier moment?

Mais, quand j'ai compris le sourire, ils étaient partis, Mme Tim et lui, pour une petite promenade, et il était de bonne humeur, et il avait accepté l'invitation.

Alors, la nuit qui allait venir, on pouvait enfin la dormir sur les deux oreilles. Et vous autres avec vos foins, vos blés et vos bouses, vous pouviez aller vous faire foutre.

C'est donc le 3 août que Mme Tim fit son invitation. C'est le 3 août qu'elle me tira ensuite dans ma souillarde pour me mettre rapidement au courant de sa tentative.

Ma souillarde n'est pas grande. Mme Tim était une belle femme; je n'étais pas mince moi non plus. Nous étions serrées l'une contre l'autre, face à face. Je recevais ses mots tout chauds sur ma figure. Les mots d'une très bonne idée. Mais j'avais fait mon compte depuis longtemps.

Il ne fallait pas essayer de m'influencer au sujet de ce portrait en pied que Langlois avait contemplé jusqu'à en avoir des yeux comme des œufs de pigeon et la joue gaufrée par un reps de fauteuil. Ma mère était piqueuse de bottines et mon père oiseau-mouche. Il n'y avait pas de portrait en pied chez ma mère. Et pourtant, Dieu sait si j'en ai contemplé des portraits de bitume et si je me suis éberluée du reflet des feuillages d'or des grands cadres, étendue sur mon lit-cage, les soirs de morte-saison, quand on guette le pas des permissions de minuit sur le trottoir.

Alors, les bonnes idées, on sait ce que ça vaut.

C'est pas peu de chose que j'aie retiré mes pantoufles, que je sois montée jusqu'au premier en sautant la marche qui craque, que j'aie écouté à la porte et regardé par le trou de la serrure, et m'être remué le cœur; pour quoi? Pour un pantalon qui pendait du lit!

Et *l'amateur d'âmes,* est-ce qu'il n'arrivait pas à tout bout de champ avec son gros ventre pour venir boire son café chez moi?

N'allez pas me dire que c'est à cause de mon café qu'il partait de Grenoble en boghei pour coucher à Clelles-Mens ou Monetier, et être ici sur le coup de huit heures du matin? Je n'ai pas tant de gloriole pour mon café. Mon café, voulez-vous que je vous le dise, eh bien, mon café foutait le camp. Voilà ce qu'il fallait dire.

Et le café de *l'amateur d'âmes* foutait le camp, et le café de Mme Tim foutait le camp. On perdait Langlois.

Tout le monde allait le perdre si ça continuait.

Ce type qui connaissait si bien l'amitié. Oh! et puis ce type chaud, et de velours, cette petite moustache et le sourire qui serpentait dessous, et ce ton cocardier, et ce ton cassant, et cette façon qu'il avait de s'assurer dans ses bottes! De vous assurer *dans vos propres bottes*!

Vous n'avez jamais besoin que quelqu'un vous assure *dans vos propres bottes* vous autres, hein? La bouse de vos vaches ça vous suffit comme point de vue, hein ? C'est votre Grande Ourse et votre Étoile polaire, hein ? Et quand vous casserez votre pipe (elle peut s'égosiller l'église), je t'en fiche d'une grande face qui sera de l'autre côté, c'est une vache en baudruche qui viendra voltiger au-dessus de votre lit de mort, et qui visera bien. Et, passer, pour vous, c'est quand vous recevrez enfin en pleine figure une bonne grosse bouse bien étalée, bien éclatée, bien bouillante et bien marron. La voilà votre sainte face !

Vous n'avez jamais eu besoin de quelqu'un qui puisse enfin vous assurer *dans vos propres bottes*; et souffert d'attendre, souffert d'avoir, souffert de perdre !

Et pendant que Mme Tim me disait sa bonne idée, je ne l'écoutais guère : je me disais, et je lui disais à elle intérieurement : « Ton café fout le camp, ton café fout le camp. »

Et je me collais le plus possible contre mon mur aux casseroles parce que nous étions deux fortes femmes, face à face, dans cette souillarde étroite ; nous respirions vite, mes seins frottaient contre les seins de Mme Tim et, ça avait beau être une femme en café crème, ça m'était désagréable.

L'idée de Mme Tim était très bonne.

Le matin du six, bleu à perte de vue. Je m'étais levée avec l'aube. Il y avait une grande conversation d'arbres.

Langlois sella son cheval. La bête était aussi contente que moi.

Je l'entendais qui parlait dans l'écurie avec son maître. Êtes-vous foutus de comprendre ce que disent les chevaux ? Celui-là il semblait qu'il disait en rigolant : « Alors, vieille noix, un temps à pas se laisser un sou dans la poche, on va s'en payer une bosse. »

Le fait est qu'à écouter la conversation des arbres il y était également question d'une sacrée liberté.

À Saint-Baudille, ban et arrière-ban.

Et d'abord, savez-vous comment nous y étions venus ? Eh bien, telle que j'étais dans mes atours, après avoir fait cent mètres à pied côte à côte, Langlois tirait le cheval par la bride, Langlois me dit :

— Monte.

— Monte où ?

— Sur le bidet.

— Telle que je suis ?

— Telle que tu es.

Il faisait l'étrier avec ses mains pour que j'y mette le pied et qu'il me soulève pour me faire asseoir sur la selle.

Rater l'occasion ? Ah ! non. Je me fichais de ma tournure comme de ma première chaussette. Si le faux cul fait des siennes je l'enlève. Je l'avais noué avec des ganses ; je n'avais qu'à passer mes mains dessous et tirer.

Le temps de vous le raconter, j'étais installée. Et tant pis pour les plis. J'avais un gros nœud de faille sur le derrière mais le roi n'était pas mon cousin. J'avais gardé mon ombrelle à la main. Il me dit :

« Ouvre-la et fais la duchesse. »

Je ne me le fais pas dire deux fois et, en avant ! Voilà comment nous sommes allés à Saint-Baudille.

Nous faisons une lieue et nous rencontrons Bouvard qui allait me chercher avec la calèche. Il montait de l'Ébron et nous y descendions. On lui crie :

« Arrête-toi, ma vieille. » Mais on devait être si beaux qu'il continue à monter et, quand il est à notre hauteur, il dit :

« Alors, et moi ? »

Et je lui réponds : « Toi, mon gros, laisse-nous passer et suis derrière. »

Je n'avais qu'une peur : c'est que Langlois me fasse changer de wagon, mais pas du tout. « Et respectueusement, mon brave », dit-il en clignant de l'œil.

« Bougre, ma fille ! » s'exclame Bouvard ravi.

Il comprit très bien qu'il s'agissait de s'amuser avec l'alentour.

Et quel alentour! La rosée couvrait les champs où le blé avait été coupé et l'éteule en était rose comme un beurre qui fait la perle. Le ciel était bleu comme une charrette neuve. De tous les côtés les alouettes faisaient grincer des couteaux dans des pommes vertes. Il y avait des odeurs fines et piquantes qui faisaient froid dans le nez comme des prises de civette. Les forêts et les bosquets dansaient devant mes yeux comme le poil d'une chèvre devant laquelle on bat du tambour. Hou! le beau matin!

Certes, Mme Tim n'était pour rien dans cette beauté-là. Mais la beauté qui nous attendait à Saint-Baudille et qui, celle-là, était son œuvre, avait la même qualité de bonbon anglais, acidulée, fraîche, multicolore, torsadée de citron, de vinaigre et d'azur. Un *peppermint* à vous donner des reins de cerfs.

Cadiche, Arnaude et Mathilda, les trois filles d'abord. Ah! Que ces femmes de couvent savent faire habiller leurs filles! Car c'est du conseil de Mme Tim qu'elles s'habillaient (il y avait trop de malice).

Ah! gendres, gendres! Laisser courir de petites femmes comme ça! Mais c'étaient de gros bureaucrates, et est-ce que les bureaucrates ont le sens commun? Ils avaient beau leur avoir fait trois et trois six, et cinq, onze enfants, est-ce qu'on s'arrête en si bon chemin quand on a le sens commun?

Ah! l'encre, ça en fait faire des bêtises!

Onze enfants qui se mirent dans nos jambes comme une flaque d'oiseaux. Le cheval en resta la patte en l'air de peur d'en écraser deux ou trois. Et moi je n'osais pas mettre pied à terre. Et je criais :

« Dis donc, andouille, mais descends-moi! »

Ah! ouiche, il cligna de l'œil et il me laissa plantée sur mon bidet pour se mettre tout de suite à courir avec les petits galapiats de luxe.

Ah ! le bel homme ! Et qui savait vivre ! L'idiot !

Ce fut très bien, Saint-Baudille. Question de changer les idées on ne pouvait pas faire mieux. À un point que pas une idée ne pouvait rester en place.

Cadiche ? Si c'était Cadiche, c'était un visage rose et rond ; rond et rose et le plus beau sourire du monde ; et qui durait ; sous des yeux graves qui savaient le prix du sourire.

Arnaude ? Il y avait de quoi marcher de long en large pendant des jours sur la terrasse. À quoi bon danser, à quoi bon valser quand de cette promenade on tirait plus ? Plus de souplesse, plus de cadence, plus d'ivresse que d'une valse. Et question *danger du moment,* les amateurs avaient là, j'imagine, un danger bien plus dangereux. Je voyais, moi, son petit soulier pointu dépasser le bord de sa robe à chaque pas, l'un puis l'autre, précédés d'un petit ordre précis qui partait du satin de sa hanche, coulait jusqu'à terre sous sa jupe comme un petit coup de fouet, et je ne sais pas si ce que j'entendais, ce crissement doux, était le bruit de ce pas sur le gravier ou la voix qu'elle avait là-bas pour parler à voix basse avec son cavalier en inclinant un peu vers lui sa tête sur l'épaule.

Mathilda ? Ma préférée à moi — si j'avais été homme — : une belle hase, une belle femelle à fourrure, couchée à plat ventre dans la sarriette.

Le procureur avait fait une toilette du tonnerre de Dieu. Hé, d'ailleurs, il se promena sur la terrasse avec Arnaude. Et, voulez-vous que je vous le dise ? Eh bien, ces gros hommes-là sont très agiles.

Il y avait des gens de Mens et un docteur de Grenoble.

Et moi, qu'on présenta comme une amie de Mme Tim, et Mme Tim qui resta assise à mon côté la plupart du temps. Et nous regardions tout.

Langlois ? Vous ne l'auriez pas distingué des autres : Cadiche, Arnaude, Mathilda, le docteur, une vieille dame de Mens que je suppose être Mme Savignan mais qui, en tout cas, n'était pas la première venue, car elle eut à certains moments dans les yeux de beaux morceaux de tristesse; et naturellement Tim en capitaine. Langlois s'en allait avec tous, même avec le procureur qui le fuyait. Je vis son manège. Je le fis remarquer à Mme Tim. Et elle me fit remarquer que, tous les trois, nous le fuyions, le procureur oui, mais Mme Tim et moi aussi — ou plutôt, dit-elle, nous nous en tenons *à distance respectueuse.*

La justesse de cette idée me frappa. Quelles paroles avions-nous échangées ce matin dans la si belle matinée? Pas une. Deux mots à Bouvard. Mais, de lui à moi, pas une.

Évidemment, je pouvais toujours prétendre que je l'imaginais dans le même bonheur paisible que moi; que nous nous foutions mutuellement la paix pour nous permettre de le goûter. Hypocrisie! Je me tenais *à distance respectueuse.* Voilà la vérité. Respectueuse? Pas tant que ça respectueuse, en réalité. Hypocrisie respectueuse. Égoïste: je me tenais à distance égoïste. Je prenais prétexte de la beauté du matin et de la paix qu'on se fout entre amis *ordinairement* dans ces cas-là pour me tenir à distance. Non seulement pour me tenir à distance mais pour profiter toute seule de l'émail. Car nous n'étions pas dans une situation *ordinaire.* Voilà l'égoïsme. Saletés qu'on est!

Je ne pus me retenir de le dire à Mme Tim. Elle me répondit de ne pas approfondir.

« Je m'en tiens à respectueuse pour moi, dit-elle. Et vous n'êtes pas plus mauvais que moi: ni le procureur ni vous. »

C'étaient les occasions dans lesquelles elle mettait sa main sur la mienne, et elle me tapotait doucement la mitaine.

N'empêche: ma bonne humeur était partie. Et tout Saint-Baudille pouvait s'y mettre pour me changer cette idée. Je n'avais plus de plaisir à voir Langlois se promener avec Arnaude sur la terrasse. Quand les petits ordres pressés partaient des hanches de satin, serpentaient sous la jupe pour venir aboutir à ce petit pied pointu et qu'au-dessus des hanches je voyais ces mêmes petits ordres de valse lente venir serpenter jusque dans la gorge et le cou de cygne d'Arnaude, je me disais : « Tu peux courir ma fille, tu resteras *à distance respectueuse.* »

En principe, nous devions passer trois jours au château.

Mme Tim faisait sans doute des réflexions semblables aux miennes car, pendant que toute la compagnie sautait dans une partie de volant, elle me dit :

« Venez, nous allons voir. »

Je me demandais ce qu'il y avait à voir. Rien et tout, naturellement. On ne dispose pas de tant que ça sur terre.

C'était une sorte de tour de propriétaire qu'elle voulait que nous fassions. Nous nous étions prises bras dessus, bras dessous, et nous montâmes d'abord les trois terrasses d'où l'on avait une vue de plus en plus large — mais à quoi bon ? — jusqu'à la terrasse d'honneur sur laquelle on avait même installé un oranger en caisse.

Le vestibule dans lequel nous entrâmes, je le connaissais bien depuis le temps que je venais, elle n'avait pas besoin de me le faire revoir. À lui seul il était plus vaste que mes trois pièces du Café de la route et c'était, tel que, un endroit très agréable à vivre, frais, parfumé de l'odeur balsamique des pins, illustré de tous les côtés par des peintures de volières et d'oiseaux, dans des coques de rubans et des traits de plume. Mais je me dis : « Tu peux courir ! »

Nous marchions du même pas, Mme Tim et moi, le pas lent de deux grandes et grosses femmes, très mûres, sur des tapis épais comme le premier foin. Nous traversâmes le salon, sur les murs duquel se continuaient les peintures d'oiseaux, mais embarrassés d'épaisses armoires vitrées, pleines de livres dorés.

Elle me fit entrer dans un endroit où j'étais venue rarement. C'était la salle de théâtre : exactement pareille, en réduction, à une vraie salle de théâtre, avec, là-bas au fond, la scène couverte de son rideau rouge peint en faux rideau, avec des continuations de vols d'oiseaux autour d'une grosse figure aux yeux terriblement vides et à la bouche ouverte en passe-boule. Nous nous arrêtâmes un petit moment là, en face de la scène, dans cette haute pièce où le plus petit bruit sonnait; où l'on entendit distinctement le grincement de mes ongles qui se crispaient sur le satin de la manche de Mme Tim.

Car j'étais déjà entrée une fois ou deux dans cette pièce et j'y avais éprouvé chaque fois un malaise qui m'en avait fait ressortir tout de suite.

Cette fois, j'étais liée au bras de Mme Tim qui était plantée là, en face de la scène pour *me faire voir* ici comme dans tout le reste du château (une sorte de revue de ses troupes; de nos troupes) et elle était loin de se douter de ce que je voyais, moi, dans cette salle de théâtre.

J'y voyais le petit beuglant où, à seize ans, j'avais essayé de gagner honnêtement ma vie en chantant *Berg op Zoom*. Et le parterre de ce théâtre de château bien carrelé, net et propre, je le voyais recouvert de ces tables de marbre ruisselantes de bière et de limonade entre lesquelles je circulais pour faire ma quête, portant mon petit plateau sur lequel, tout en souriant commercialement à la ronde, je jetais de furtifs coups d'œil, me disant : « Ça y est; il y a de quoi payer la logeuse. Ça y est : il y a la côtelette. Ça y est : il y a même le café au lait. » Le plateau sur lequel, petit à petit, il n'y eut plus de café au lait, puis plus de côtelette, puis plus de loyer, et tout juste de quoi me payer un petit cigare avec lequel j'allais m'abrutir dans les cabinets des garçons de salle. Jusqu'au soir où un minotier me flatta les fesses en disant : « Pourtant elle a de l'organe, cette petite. »

Je ne veux pas dire que mon histoire soit extraordinaire, mais c'est pour vous expliquer que Mme Tim avait peut-être beaucoup d'espoir en tout ça : terrasses, vestibules, salons, théâtre; que, pour les terrasses, les vestibules et les salons, je manquais peut-être d'expérience, mais que pour le théâtre, il ne fallait pas essayer de m'en conter. Je savais de quoi c'était fait et je pouvais très bien imaginer que, dans un autre ordre d'idées, les terrasses, les vestibules, les salons étaient faits de la même farine. Qui fait un pain immangeable. Je suis orfèvre. Si on se force on vomit. Et il y en a qui préfèrent crever plutôt que de passer leur vie à vomir. Ou à faire ce qu'il faut pour manger de la viande.

Et, pendant qu'obéissant à la pression du bras de Mme Tim je tournais tout doucement, en même temps qu'elle, pour rentrer dans le salon, je me dis : « Tu peux courir ! »

Nous retraversâmes le salon. Comme nous rentrions dans le vestibule pour, si j'en jugeais par la direction où m'entraînait Mme Tim, passer dans l'autre aile du château, on toussa discrètement derrière nous. C'était le procureur.

Il était comme un ballon, énorme et extrêmement léger, posé sur la pointe d'un vent. Ses yeux angoissés se demandaient dans quelle direction de la girouette...

« Venez », lui dit Mme Tim.

Nous nous désaccouplâmes et il se mit entre nous deux : Mme Tim à son bras droit et moi à son bras gauche. Il était aussi grand que nous, deux fois plus gros, mais il marcha à notre pas. Et nous pénétrâmes ainsi dans la grande salle à manger.

On avait déjà dressé le couvert pour le repas du soir. Les quatre grandes portes-fenêtres pleines de cette fin d'après-midi cendreuse éclairaient la longue table toute cristallisée. Les carafes du service de cérémonie organisaient autour de leur belle masse de vin pourpre le clapotement aquatique de toute une impeccable coutellerie de luxe, les flaques laiteuses des porcelaines et le pétillement des mille petits arceaux d'arcs-en-ciel brisés qui jaillissaient du tail, du biseau et de la transparence de tout le nénuphar de la verrerie.

Nous fîmes fort gravement le tour de la table, tous les trois de front. Le ventre que le procureur repoussait d'un coup de cuisse à chacun de ses pas donnait beaucoup de solennité à la promenade.

Nous passâmes d'abord du côté des portes-fenêtres comme entre deux fronts de troupe, ayant, d'un côté, les terrasses couvertes d'un soleil de cendre, les boulingrins, les ifs taillés en échiquier, les balustrades et, au-delà, le déroulement de plus de cent lieues de montagnes de perles dressées sur d'immenses tapis de blés roses longeant de l'autre côté cet étang miraculeux de longue table aux eaux cristallisées.

Nous tournâmes au haut bout, nous revînmes du même pas, longeant l'autre bord de la table et passant en revue, de l'autre côté, toute la série des grandes et des petites glaces de Venise, où des milliers de petits reflets de nos trois graves personnes encadraient au passage le grand reflet de nos trois graves personnes. Et je me disais : « Tu peux courir ! »

Revenus dans le vestibule, nous montâmes les escaliers du même pas. C'étaient de petites marches de marbre très aisées qui haussaient nos trois gros corps par à-coups, de marche en marche, et je me disais : « Hausse, hausse, hausse-nous ! Jusqu'à quel endroit vas-tu nous hausser ? Jusqu'à ce qu'on voie tout de très haut, ou bien jusqu'à ce qu'on ait trouvé celui qui a le remède ? »

Nous étions si importants que le vaste palier du premier étage sur lequel était installée la collection d'instruments anciens se mit à grelotter à notre approche de toutes ses vieilles guitares et de ses vieux pianos. Et, quand nous prîmes pied sur le palier tous les trois ensemble, en haussant d'un dernier effort nos trois gros corps, des sortes de tambours sauvages que Mme Tim avait apportés de son pays et pendus aux murs se mirent à battre sourdement une sorte de « *générale* » sombre. Nous étions vraiment très importants. Nous avions vraiment envie de commander tout ça en vue de quelque action d'éclat. Et je me disais : « Tu peux courir ! »

Je compris où nous menait Mme Tim. Longeant la galerie

nous tournâmes à droite et, en effet, elle nous fit faire face à la troisième grande porte à deux battants.

C'était là que j'avais vu un domestique porter le troussequin de Langlois. Mme Tim ouvrit la porte.

Et nous entrâmes dans une vaste chambre, mais, d'instinct, tous les trois nous fîmes, pile, garde-à-vous au seuil du premier tapis : c'était la chambre de Langlois.

Il n'y avait de lui que ce petit portemanteau de capitaine-commandant-cavalier posé tout simplement sur le chausse-botte.

La chambre était immense et paisible et j'admirai l'intelligence de Mme Tim qui était vraiment l'égale de l'intelligence du *profond connaisseur des choses humaines,* car, dans cette chambre destinée à Langlois, déjà immense et paisible, de lourds rideaux de lin gris bleuté entretenaient des lointains encore plus immenses et encore plus paisibles. Mais, pendant le temps que nous restâmes plantés là, je me laissais bien prendre et rouler par le roulement et le déroulement de ces lointains artificiels dans lesquels coulait le léger vent du soir d'une fenêtre entrebâillée. Et je me dis : « Tu peux courir ! »

Après le repas du soir on installa les tables de jeu dans le salon.

Savez-vous l'impression que j'avais ? Il me semblait que Mme Tim, le procureur ou moi, nous donnions nos ordres avec un cor de chasse.

Langlois avait l'air de dire : vin des Chirouzes ? Pourquoi pas ? Je peux très bien boire ton vin des Chirouzes. Jambon de porc frais à la maman Rose ? Je peux très bien manger de ton jambon de porc frais : carottes, oignons, ail, échalotes, persil, thym, laurier, vin gris et la noix de jambon ; j'aime beaucoup tout ça. Salmis de canard ? Bien sûr. Donnez-m'en. Cardons à la Piémontaise ? J'en veux. Et tenir la conversation à Arnaude qui à ma gauche bat des cils, c'est mon affaire. Et savoir reconnaître les gentillesses rose pomme de

Cadiche à ma droite, soyez tranquilles, vous allez voir, je
sais très bien. Un sourire à travers la table à la vieille dame
de Mens? C'est fait. Et avez-vous vu? C'est très bien fait.
Elle en palpite dans le jais de son hausse-col. Ah! Le procureur, je ne l'oublie pas, soyez sans crainte, je n'oublie personne. Vous n'imaginez pas la mémoire qu'il faut avoir pour
arriver à vivre dans les étendues désertes et glacées. Regardez: le procureur, le *profond connaisseur des choses
humaines,* est aux anges. Pourquoi? Mystère? C'est bien
simple: un geste qui lui a rappelé de vieux gestes dont il ne
se souvenait plus, que nous avons faits ensemble dans le
temps, quand nous étions jeunes. Et dont je me souviens.
M. Tim? M. Tim m'aimera toute sa vie. Je viens de lui dire
deux ou trois mots dont il avait envie depuis vingt ans. Ne
vous inquiétez pas de Mathilda; c'est fait. Il suffisait de ne
pas trop s'éloigner d'elle en lui donnant le bras et de faire
qu'au moins une fois en marchant nos jambes se touchent,
comme par hasard, mais de la hanche au talon. C'est fait.
N'oubliez pas que c'est moi qui l'ai conduite à table.
Croyez-vous que je pouvais courir le risque de négliger
Mathilda? Le désert est un pays de diplomates. Je ne peux
courir aucun risque, même pas celui de vous dire où je vais
et où je vous mène, Mme Tim, ma bonne amie, et de vous
dire, par exemple, que ce n'est pas du tout vous qui me for-
cez amicalement et maternellement à prendre ce buisson par
le côté droit ou à laisser mes traces dans la neige molle; que
ce n'est pas du tout vous qui faites souffler vos joueurs de
cor de chasse, mais que c'est moi qui tire du fond de vos
joueurs de cor de chasse le souffle qui traverse l'instrument
et beugle vos ordres au-dessus des forêts. Je ne vais certes
pas vous le dire: ayant l'intention d'être ce que je suis,
éveiller vos susceptibilités féminines et surtout détruire d'un
seul coup votre façon millénaire d'envisager les choses serait
la pire des imprudences. C'est pourquoi, à pattes pelues,
avec les belles ondulations de reins qui rampent et les sauts

dans lesquels je me déclenche comme un long oiseau gris, je vous souris, Mme Tim, d'un sourire où sont peints tous les charmes de cette belle journée, depuis les lointaines montagnes de perles sur tapis de blés roses jusqu'à ces faux espaces libres en lin gris que vous avez eu l'intelligence de faire serpenter autour de la chambre où l'on a déposé mon petit bagage de loup. Et je ne peux même pas me permettre de t'associer, maline, ma vieille Saucisse !

Si je le regardais un peu trop, il détournait le regard, après avoir fort gentiment fait un petit clin d'œil de mon côté.

Le troisième jour, pendant qu'on attelait les voitures, nous nous rencontrâmes, Mme Tim, le procureur et moi, à l'angle de la terrasse d'honneur, près du petit oranger en caisse qu'il allait falloir rentrer dare-dare dans la serre; près du petit oranger et devant les grands horizons (qu'il aurait fallu replier dare-dare comme un paravent qui bouche l'air). Et le silence entre nous trois dura jusqu'au moment où, puisque personne n'osait le faire, je dis : « Il n'y a plus qu'à revenir prendre nos places dans le quadrille. » Et je descendis vers la calèche qui m'était destinée.

C'est deux mois après, à l'automne, qu'il commença à faire construire le *bongalove*. Quand il était au chantier j'allais le voir. Je ne disais ni c'est grand, ni c'est petit, ni pourquoi mets-tu des fenêtres là, ni pourquoi as-tu mis en train cette histoire à l'entrée de l'hiver ? Rien. Un mot ne semblait qu'un mot au premier abord, mais je me méfiais beaucoup des mots.

Je ne l'interrogeai qu'une fois : quand je le vis faire déblayer cet endroit où nous sommes ici. Je lui dis :

— Qu'est-ce que tu vas faire là, où il y a cette belle vue ?

— Un labyrinthe, me dit-il.

— Un labyrinthe ? (Sur le moment je pensais à autre chose.)

— Oui, un labyrinthe en buis, comme à Saint-Baudille.

Oui, je comprenais maintenant : ces petits chemins enche-vêtrés dans de grands buis, je n'aime pas beaucoup. Je lui dis :

— Et qu'est-ce que tu vas foutre d'un labyrinthe ?

— Eh bien, qu'est-ce qu'on fait d'un labyrinthe d'habi-tude ? me dit-il.

— Je ne sais pas, lui dis-je, j'ai pas l'habitude de ces trucs-là. Moi je n'en fais rien en tout cas.

— Eh bien, moi je m'en sers pour me promener, dit-il.

— Ah ! lui dis-je, première nouvelle. Viens donc boire un coup, il fait chaud comme en plein été.

— Qu'est-ce que tu me fais boire ?

— Du vespétro ?

— Va pour le vespétro.

Et nous revînmes ensemble au village.

L'hiver, la neige. On abandonna le chantier mais les murs étaient couverts, et comme ils étaient en rondins massifs, le gel ne leur faisait pas de mal, au contraire.

Langlois descendit de sa chambre fumer sa pipe au café où il faisait chaud.

Vous étiez tous là d'ailleurs, vous autres : il n'y avait plus de moisson, alors il y avait vos cartes.

Et Langlois s'assit à califourchon sur une chaise devant la vitre. Je lui laissai bien le temps de fumer sa pipe, puis je vins m'asseoir à côté de lui avec ma corbeille à raccommo-dage dans laquelle il y avait deux ou trois paires de chaus-settes à repriser pour lui.

Je dis : « Père Lambert, faites-nous marcher ce poêle. »

Le père Lambert commença à jouer du pique-feu. Le poêle se mit à ronfler. La neige tombait.

— Je vais me marier, me dit Langlois.

(Je fouillais dans ma corbeille pour prendre l'œuf en buis.)

— C'est une bonne idée, dis-je.

— Ça ne sera une bonne idée que si tu t'en occupes,
dit-il.

— M'en occuper, comment?

— Trouve-moi quelqu'un.

(Je débobinais une aiguillée de coton.)

— Ce serait pour quoi faire au juste, lui dis-je.

— Ah! Au juste..., dit-il.

(On eut bien le temps de sentir un bon coup de poêle que
le père Lambert avait asticoté comme un maître.)

— J'ai mon idée, dis-je.

— Je le pensais, dit-il.

— Mais je voudrais connaître ton idée à toi.

— Tu la connais, dit-il, je veux me marier.

— L'as-tu déjà dit à quelqu'un? lui demandai-je.

— Non.

— Mme Tim?

— Non, non.

— Le procureur?

— Pas plus.

— Et pourquoi moi?

— L'impression.

— Impression de quoi?

— Que tu sais mieux ce qu'il me faut.

— Peut-être, dis-je.

— À mon âge..., dit-il.

— J'en ai vu de plus vieux, dis-je.

— Oh! moi aussi, dit-il.

— Il faudrait que je connaisse au moins le genre, dis-je.

— N'importe quel genre. À condition que ce ne soit pas
une brodeuse, dit-il en faisant un peu pivoter sa chaise pour
se placer en face de moi.

Je restai un petit moment à faire courir mon aiguille à
travers des mailles de chaussettes, puis je relevai la tête, re-
tirai mes lunettes et frottai mes yeux, ce qui me permettait

d'habitude de le regarder en face (enfin, ce que moi j'appelais en face) à travers mes doigts.

— Naturellement, dis je.

— Pourquoi naturellement? dit-il.

— Tu n'as rien à broder, dis-je.

— C'est à peu près ça, dit-il.

— Et, tu resterais ici? dis-je.

— *Bongalove,* dit-il. Est-ce que ça rentrerait dans ton idée? ajouta-t-il parce que je me taisais.

— Précisément, dis-je.

— Pas une brodeuse, dit-il de nouveau, et pas ce qu'on appelle une « *bonne épouse* ».

— Qu'est-ce que tu te fais comme idée sur une bonne épouse? dis-je.

— Portrait en pied, me dit-il.

— D'accord, dis-je.

— Je ferai crépir les murs, dit-il, ce sera propre et ce sera chaud, mais il ne me faudrait pas quelqu'un qui ait l'orgueil de son ménage.

— Tu auras bien un intérieur, lui dis-je.

— Elle aura tout ce qu'elle veut, dit-il, mais moi je tiens à ce qu'on ne m'entoure pas.

(En raison des allusions de Langlois je pensai tout de suite à la brodeuse et à cette sorte de garde-meuble dans lequel elle vivait, où l'on pouvait passer en revue tout ce avec quoi elle avait dû entourer l'homme au portrait en pied. Mais, en même temps, je pensais aussi à des entourages de toutes sortes, qui allaient de montagnes de perles à des rideaux de lin, en passant par des tables cristallisées et trois vieux ramollis, bras dessus, bras dessous.)

— Naturellement, dis-je.

— Tu trouves tout naturel aujourd'hui, dit-il.

— Est-ce que tout ne l'est pas? dis-je.

— Précisément si, dit-il.

— Eh bien, dis-je, il te faut simplement une femme qui ait vécu.

— Ce qu'on appelle « *d'âge en rapport* », quoi, dit-il goguenard.

— Pas nécessairement, dis-je (choisissant des aiguilles en les dressant l'une après l'autre sur le clair de la vitre). Il y a des situations dans lesquelles une femme acquiert très vite beaucoup d'expérience.

— Il suffit qu'elle se contente de peu, dit-il.

— C'est justement dans ce sens-là que les années de campagne dont je parle comptent double, dis-je. Quel âge as-tu ?

— Tu le sais.

— Dis un chiffre.

— Cinquante-six.

— Trente ans donc, ça t'irait ?

— Même trente-cinq.

— Je ne te conseille pas trente-cinq, dis-je, c'est le moment où on devient sentimentale.

— Disons donc trente, dit-il, tu pourrais trouver ça ?

— Aisément, dis-je.

Et ce jour-là nous ne parlâmes pas plus avant, comme dit l'autre...

Une autre fois, à peu près dans les mêmes circonstances, toujours devant l'hiver noir, lui à califourchon sur sa chaise, moi assise à côté de lui sur ma petite chaise basse ; lui regardant crouler la neige ; moi regardant un gilet de flanelle dans lequel je ravaudais de petits trous :

— C'est ma pipe, dit-il.

— Tu fourres ta pipe sur ton gilet de flanelle ?

— Non, je la bourre trop serré ; quand je l'allume, la braise déborde.

— Serre-les moins et fumes-en deux.

— Ou serre-les plus et fumes-en trois, dit-il.

— Pourquoi, dis-je, est-ce que ça presse ?

— Rien ne presse, dit-il. À propos, as-tu pensé à ta femme de trente ans ?

— Pas besoin d'y penser, dis-je. Si on la veut, il n'y a qu'à aller la chercher.

— Où ?

— Je connais très bien l'endroit, je lui dis : Il n'y a qu'à descendre à Grenoble. J'ai assez de relations pour avoir le choix.

— Parfait, dit-il, c'est donc un souci de moins.

— Ça te donnait du souci ? lui dis-je.

— Pas du tout, dit-il.

Un autre jour, par grand gel, il se met en veste de fourrure et en toque, il prend ses raquettes et il me dit :

« Mitonne-moi un petit quelque chose pour ce soir. Je vais prendre l'air. »

Je lui dis : « N'en prends pas trop, il est fort. Et, plus spécialement, qu'est-ce que tu veux que je te mitonne ?

— Soupe aux choux, me dit-il ; et va donc voir si cette vieille garce d'Anselmie n'aurait pas une ou deux perdrix. Je sais qu'elle piège. Et fais-moi donc un gratin de choux, au four, avec de la panure. Des choux, avec ce temps, j'en mangerais sur la tête d'un galeux. Et il n'y en aura sûrement pas à Saint-Baudille.

— Tu vas voir Mme Tim ?

— Il s'agirait peut-être de lui toucher un mot ou deux à propos de la femme de trente ans, dit-il, qu'est-ce que tu en penses ?

— Je pense que oui, dis-je. Et, sais-tu ce que je pense encore ?

— Je vais le savoir, dit-il.

— Je pense, lui dis-je, que je vais foutre la frousse à Anselmie jusqu'à ce qu'elle m'ait donné six perdrix. Je pense aussi qu'à part ton gratin de choux je vais également mettre quelques champignons secs à la crème, et, en dernier lieu, je pense que je vais approprier la chambre du second, y allumer du feu et mettre un moine dans le lit. Parce que, je suis à peu près sûre que, si tu parles de la femme de trente ans, tu vas m'amener Mme Tim en chair et en os sur le coup du crépuscule.

— Pas mal raisonné, dit-il, à part les six perdrix ; qu'est-ce que tu veux qu'on en foute ?

— Deux pour toi, deux pour Mme Tim et deux pour moi, lui dis-je. Tu ne penses pas que je vais manger à la cuisine, non ?

— Ce serait cependant ta place, dit-il, en prenant prudemment du champ comme s'il avait peur.

Je lançai mon sabot à ses trousses.

Que Mme Tim accoure, je n'en doutais pas. Il n'y avait que de l'heure dont je n'étais pas très sûre.

Je me disais : « Au crépuscule. Il arrivera là-bas, il déjeunera. Il lui en parlera après déjeuner ; ils boiront le café ; elle fera atteler le traîneau ; sur le coup de quatre heures ils seront là. »

Mais, à trois heures j'entendis la clochette des chevaux. Elle avait dû le priver de café, ou bien ils l'avaient bu sur le pouce.

Elle ne donna aucun ordre ; Mme Tim sauta du traîneau comme si elle avait vingt ans ; elle entra dans ma cuisine :

« Dites-moi tout », dit-elle. Elle avait l'air très intéressée.

— Je n'ai pas fait cuire les perdrix pour le roi de Prusse, lui dis-je, et, doucement les basses ! Votre lit est prêt et, vers les six, sept heures, j'irai y fourrer un moine en cuivre. Je vous ai mis mes draps frais lavande et tout le saint-frusquin. Renvoyez Bouvard. Vous allez rester dîner avec nous. On se dira tout. Mais, s'il faut tenir compte que Bouvard se gèle et qu'après avoir mangé les perdrix et parlé vous devez rentrer à Saint-Baudille en risquant de vous casser le cou en pleine nuit, macache, on ne dira rien ou on le dira mal. Croyez-moi : on vous garde.

Cinq minutes après, plus de Bouvard : effacé de la surface du monde. Sans les traces de patins devant la porte, on aurait pu croire que Mme Tim avait été transportée ici par la fameuse opération du Saint-Esprit.

— Et ce n'est pas tout, lui dis-je. Patience et longueur de temps font plus que force ni que rage. Pas un mot avant le dîner. Vous voulez parler de ça en faisant le gratin aux choux ? Non. Dans une heure je fais décaniller les trois vieux qui sont près du poêle. Je ferme mes grandes portes, et la nuit est à nous. Nous mettons la table au milieu, bien au chaud, pour nous trois. La grande lampe. Alors, en avant la musique. Ça vaudra la peine. N'est-ce pas vrai ? En attendant, vous voudriez pas mettre un tablier et éplucher ces deux ou trois pieds de céleri ? On ferait une salade.

Elle le fit si gentiment que je lui dis :

« Vous voyez ce que c'est que d'être sage. La dame va vous payer un coup de crème de cacao. »

Langlois arriva comme nous sirotions. « Ne vous gênez pas », dit-il.

— Toi, lui dis-je, tu as ta bouteille de rhum dans le placard. Pas celle-là, c'est celle pour les clients. L'autre, à côté du paquet de sucre. Que tu peux également sortir d'ailleurs si tu veux te faire des canards. Et ne compte pas trop qu'on te serve de domestique, mon bel amour.

Je ne vous dirai pas que je plaisantais de sang-froid. J'avais un tout petit peu appuyé sur la crème de cacao avant l'arrivée de mes deux zèbres. Il fallait que je me détende les nerfs.

D'ailleurs, après le troisième petit verre que Mme Tim refusa mais qu'elle but, je compris qu'elle trouvait que c'était une bonne formule. Elle commençait à avoir de jolis petits sourires, et quand je sentais qu'elle allait dire :

« Alors ? »

Je mettais mon doigt sur les lèvres :

— Motus. Encore un petit coup ?

— Très peu.

Langlois s'envoya trois solides lampées de rhum. C'était du rhum blanc que je mûrissais dans un petit baril en cèdre et dont je tirais de temps en temps des litres pour lui seul.

« Qu'il fait chaud ! » dit Mme Tim.

J'allai mettre à la porte mes trois gaillards qui se chauffaient près du poêle.

— Déjà, dit le père Lambert, c'est que cinq heures.

Je lui dis :

— J'ai du monde.

— Et nous, est-ce qu'on est pas du monde ? dit-il.

— De l'autre monde, comprenez-vous ? dis-je.

— Non, dit-il.

— Eh bien, tant pis, dis-je, et allez vous chauffer chez votre belle-fille.

— Risque pas, dit-il, je vais me coucher.

— C'est ça, dis-je, et faites de beaux rêves.

— Je fais jamais de beaux rêves, dit-il.

— Faites ce que vous voulez alors, lui dis-je.

— Si je fais ce que je veux, dit-il, je reste ici.

— Quel crampon !

Après, je donnai vite un petit coup de balai dans la sciure ; et surtout autour du poêle. Ils crachaient, ces salauds ! Mme Tim voulait le faire, je lui pris le balai des mains :

— Non, lui dis-je, ouvrez le grand placard et sortez une nappe. Savoir comment elle se serait comportée devant ces crachats de vieux ? Ça partait trop bien, je n'avais pas envie que ça finisse sur une femme verte. Voilà notre avantage à nous autres. On le paie, tant vaut qu'on en tire gloire.

Je répandis de la sciure toute neuve près du poêle et c'est là qu'on tira la table, bien dans la chaleur. Dès les premiers morceaux, naturellement Mme Tim demanda :

— Alors maintenant, expliquez-moi un peu ce qu'il a essayé de m'expliquer.

— Il est donc si bête, dis-je.

— Ce n'est pas une question de bêtise, dit-elle.

— Je sais bien, dis-je, prenons-le à la bonne.

Je racontai très simplement ce petit après-midi d'hiver et la façon de faire de Langlois m'annonçant son désir de se marier. Je reproduisais tout : ses petites phrases qui ne disaient rien, et moi, par conséquent, les petites phrases de mon quant-à-moi. Je voulais que Mme Tim voie la scène comme elle s'était passée. À mon avis, si on voulait avoir une vue claire de l'événement dans ses causes et ses conséquences, il fallait connaître cet après-midi d'hiver et les petites phrases de Langlois :

— Tu aurais peut-être voulu que je te raconte l'histoire de France de Vercingétorix à nos jours, me dit Langlois.

— Il ne s'agit pas de l'histoire de France, répondis-je, mais, admettons que tu me l'aies racontée, ça aurait dénoté un autre esprit et je t'aurais certainement répondu autrement que je l'ai fait, et j'aurais envisagé autre chose.

— Quoi ? dit Langlois.

— Une reine de France. Une fille de notaire. Une poulinière brevetée. Une pisseuse d'arbre généalogique.

(Mme Tim ne broncha pas, au contraire, elle me fit un petit bravo du coin de l'œil.)

— Bon, dit Langlois, je l'ai échappé belle. Et, ne t'ayant pas raconté l'histoire de France, tu en déduis quoi ?

Je me versai un bon verre de vin, je le dégustai. Je fis claquer ma langue et je dis :

— Je n'en déduis rien.

— Parfait, dit Langlois, c'est exactement ce qu'il faut : n'en rien déduire.

Mme Tim pataugeait dans une centaine de cérémonies semblables à sa propre cérémonie de mariage et à celles de ses filles et de ses fils. Elle n'osait pas dire amour, mais elle disait délices et orgues. Je lui fis remarquer que : délices (je regardais Langlois pour quêter son approbation qui vint tout de suite), délices, c'était beaucoup dire.

Alors, orgues en tout cas. Mme Tim ne démordait pas des orgues. Il ne fallait pas s'inquiéter, c'était un coup de la crème de cacao. La crème de cacao est une boisson très marche nuptiale.

Moi, j'attaquai directement Langlois.

— N'en rien déduire, dis-je. Tu veux donc que tout ça soit parfaitement honnête des trois côtés?

— Exactement, dit Langlois.

— Qu'est-ce que c'est que ces trois côtés? dit Mme Tim. (Oh! pensai-je, il ne faut pas laisser la bouteille à côté de Mme Tim, sinon, tout à l'heure, elle ne nous comprendra pas plus que si nous parlions groenlandais.)

— Il y a le côté de Langlois, dis-je à Mme Tim, en dessinant la chose sur la nappe avec la pointe de mon couteau. Du côté de Langlois, Langlois veut qu'on ne déduise rien, c'est-à-dire prévoir, comprenez-vous, prévoir ce qui arrivera. C'est donc qu'il veut rester libre de faire arriver ce qu'il voudra. Il y a le côté de la dame à qui il veut donc qu'on précise bien qu'elle se marie, mais qu'elle n'a rien à en déduire.

« Est-ce que c'est ça? demandai-je à Langlois, le couteau en l'air. — Tout à fait », dit-il.

Et il y a ce côté (je traçais avec la pointe du couteau un troisième trait sur la nappe neuve), ce côté où nous sommes, nous : vous, madame Tim, le procureur et moi. Pour ce côté-là, le troisième côté sur lequel se tiennent ses amis, Langlois désire également qu'on n'en déduise rien.

(Et comme Mme Tim restait les yeux ronds, je précisai : *qu'on ne se fasse pas d'illusions.*)

— Bravo, dit Langlois froidement. Non, bravo, poursuivit-il. Bravo de tout cœur. Tu es une femme extraordinaire.

— Il y a un quatrième côté, ajoutai-je.

— Non, dit Langlois, ce quatrième côté, c'est les autres. Les autres je m'en fous. En ce qui concerne l'action de me marier, je ne suis tenu à aucune honnêteté vis-à-vis des autres. À part moi et celle qui acceptera les risques, il n'y a

que mes amis qui aient droit au respect dans cette histoire, et
le respect, ici, *c'est de ne laisser d'illusions à personne.*

Mme Tim était dans les alléluias (je le croyais). Elle
tapota la main de Langlois du bout des doigts, sans mot dire.

— Ne nous attendrissons pas, dis-je. Dans un mariage,
d'habitude, on est deux. Nous parlions mariage mais jusqu'à
présent je ne voyais qu'un seul bonhomme. Nous étions très
jolis avec nos respects, nos illusions et nos déduire, mais il
s'agissait de trouver la femme. Sous certaines conditions, je
ne m'en dédis pas, je me charge de la trouver. Reste à savoir
si elle fera l'affaire. Je sais pas mal de choses, mais je ne sais
pas tout, et j'étais bien contente que Mme Tim soit là pour
qu'elle ait son mot à dire.

— Ne pourrait-on pas modérer un peu ce poêle? dit
Mme Tim.

C'est vrai : il faisait chaud. Je fermai la clef du poêle et
poussai le tiroir du bas.

— Voilà ce que j'ai pensé, moi, dans ma petite jugeote,
dis-je. Si nous parlons comme nous venons de parler, à des
oies ou à des dindes, ça va piailler. C'est du lard au cochon.
Ça a des théories, ça se monte le coup, ça veut *organiser,
c'est pour la vie.* Et je ne vois pas ce que tu pourrais faire
avec ces volailles. Attendez, ça n'est pas tout; il y a encore
plus; il y a la chose horrible : il y a les parents. Tu te vois
avec une belle-mère et un beau-père? S'il s'agit de ça, hono-
rabilité et camembert, ne me demandez rien; laissez-moi
boire mon vin en paix. Tu viendras chercher mon manche à
balai quand il fera besoin; à ce moment-là, si tu veux, je
t'indiquerai la manière de t'en servir mais, jusque-là, ce n'est
pas mon affaire.

« Je dis ça, ajoutai-je, pour bien marquer le coup vis-à-vis
de Mme Tim qui est là, qui est un chou, mais enfin qui n'est
pas de mon monde; il faut le dire, et qui pourrait avoir des
idées à elle, et qui, en tout cas, pourrait s'imaginer que dans
cette affaire j'ai tiré la couverture à moi. »

Mme Tim se dressa, fit le tour de la table et vint m'embrasser. C'était gentil. J'étais confuse d'être tout en sueur à cause du poêle et de mon feu.

— Je n'ai pas d'idée, me dit-elle, quelle idée voulez-vous que je puisse avoir ?

— Je ne sais pas, moi, lui dis-je. Évidemment, vous êtes plutôt spécialiste du côté bien-pensant, et tout et tout : ce que je crois être une usine à dindes et à boas constrictors ; mais vous les connaissez mieux que moi ; je peux me tromper. Les chiens ont peut-être réussi à faire un chat, et peut-être connaissez-vous précisément ce chat ?

— Non, non, dit Mme Tim ; les chiens font des chiens.

Elle retourna s'asseoir et se versa un verre de vin et le but très crânement, cul sec, comme j'avais fait depuis le commencement du repas.

Je regardai Langlois comme si je lui prenais mesure d'un manteau à vue d'œil.

— Il faut qu'elle t'accepte comme tu es ?

(Il fit oui d'un signe de tête.)

— Il faut qu'elle accepte *bongalove,* montagne, neige à perpétuité ?

(Oui.)

— Saint-Baudille, dit Mme Tim. Ma maison lui sera ouverte, naturellement.

— C'est très important, dis-je.

Je revins à Langlois.

— Pas de belle-mère, beau-père, belle-sœur, tante ou cousine ?

(Non.)

— Pas trop vieille ?

(Non.)

— Pas trop laide ?

(Non.)

— Pas trop sotte ?

(Non.)

— Plaisante ?

(Oui.)

— Eh bien, voilà, c'est tout. Au cas où ce serait la perle parfaite, il faudrait au surplus qu'elle considère sa position comme son bâton de maréchal. Sommes-nous d'accord ?

(Oui.)

Il y eut un petit silence.

— Dans ma *profession...,* continuai-je. D'abord, je voulais demander à Mme Tim si, dans sa spécialité, elle ne connaissait pas de divorcées qui se remarieraient, de veuves plusieurs fois qui se remarieraient également, de... — mais elle me coupa la parole et, avec un petit air de bon Dieu sans confession, elle parla, dans le plus grand calme, d'une façon très complète et d'une voix sans crème de cacao, de situations très courantes dans le monde, encore beaucoup plus *accueillantes* (si on pouvait dire) que les situations dont je parlais.

— Eh bien, dis-je simplement, voilà ma *profession.* Avec cette différence que je faisais payer mes maris.

— Les autres aussi, dit Mme Tim.

— Et que je changeais très souvent de maris.

— Les autres aussi, dit Mme Tim.

— Et que dit l'homme ? demandai-je à Langlois.

— L'homme dit que la vie est extrêmement courte, dit Langlois.

Si je voulais garder mon sang-froid, il s'agissait de ne considérer dans la réponse de Langlois que ce qui s'adressait à une discussion un peu longue et de cheveux coupés en quatre. D'ailleurs, aussitôt, Mme Tim (qui devait être entrée tout de suite dans le même état d'esprit que moi) se mit à parler de la profession avec une grande abondance, un grand choix de termes exacts, une connaissance très approfondie et un don extraordinaire. De façon (comme je le compris plus tard) à me couper le souffle d'un autre côté. Elle était très charitable.

Pendant plus d'une heure on ne parla que de dessous et de parfums. Et c'est au milieu de ces volants, de ces jupons, de ces iris, ces foins coupés et ces opopanax, que tout fut décidé.

Langlois buvait du rhum dans son verre à vin.

Il était près de dix heures. On alla se coucher. J'accompagnai Mme Tim à sa chambre. Je glissai ma main sous les draps pour m'assurer que le moine avait bien fait son office :

— Voulez-vous que je vous aide ? demandai-je à Mme Tim.

— À quoi faire ?

— Dénouer votre chignon et vous peigner, lui dis-je.

— Oh ! dit-elle, laissez donc ; de toute façon je ne dormirai guère. C'est un gros sacrifice, n'est-ce pas ? ajouta-t-elle en me regardant.

Je lui fis signe que oui, sans répondre.

La semaine d'après, naturellement, on eut un petit coup de procureur. Je lui donnai son café. Il tâta son gilet. Son ventre rendit un son de papier froissé.

— Mme Tim m'a écrit, me dit-il.

— Elle a bien fait, répondis-je.

Il me demanda où je comptais trouver l'oiseau rare :

— J'ai beaucoup de relations, dis-je.

— Moi aussi, dit-il.

Je lui fis comprendre que, tout compte fait, Langlois ne se nourrissait pas de restes.

Le mot le terrifia.

— En tout bien tout honneur, dit-il en bégayant, mais il avait rougi comme une bille de billard et il avait des yeux si désespérés que je compris son bon sentiment. Au fond, s'il avait laissé quoi que ce soit, ça n'aurait pas été un reste, ç'aurait été un sacrifice.

Le procureur parti, on n'en parla plus. Mme Tim revint cinq ou six fois. Le procureur quatre ou cinq fois. Langlois

alla à Saint-Baudille une fois ou deux. Motus : il s'agissait
de belles gelées, de belle neige, de traîneaux. De café.

Au printemps, Langlois me dit :

— Es-tu prête ?

— Je le serai demain matin, lui dis-je tout de suite.
J'ajoutai : Je le serai tout à l'heure, si tu veux.

— Demain suffira, dit-il, à sept heures du matin. Nous
prendrons la voiture publique.

C'est la voiture qui descendait du col. Non pas celle qui
passe dans le village et fait le courrier : celle qui fait express
et qu'il faut aller prendre à la route.

J'étais fin prête à six heures. Je descendis et j'allai
m'asseoir en bas sans allumer la lampe. Je l'entendais là-
haut aller et venir et poser son blaireau sur le marbre de la
cheminée. Il se rasait sans siffler.

Nous montâmes jusqu'à la grand-route par le raidillon de
la vieille chapelle. Le jour était bien levé et plein de brumes
d'ange sur un ciel rose.

Nous n'eûmes pas à attendre bien longtemps. La patache
arriva, que Langlois arrêta d'un geste très autoritaire ;
quoique, en réalité, cet arrêt-là ne soit pas très régulier, et,
quelquefois, les postillons vous jouent le tour de vous brûler
au galop pendant que vous faites des signes.

Il y avait encore trois bonnes places dans le coupé. Nous
en prîmes deux. Je n'avais pas vu la toilette de Langlois : il
avait mis sa limousine. Mais, en se calant dans son coin, il
l'entrebâilla et je vis qu'il s'était soigné. Il portait d'ailleurs
son fameux gibus dans une boîte (il aurait été trop haut pour
le plafond de la voiture).

Nous avions quatre compagnons de voyage. Et je me mis
à grelotter, car, au milieu d'eux, Langlois paraissait sur-
naturel.

Le voyageur que j'avais à côté de moi et qui devait sentir le tremblement de mon bras me demanda si j'avais froid et Langlois me proposa sa limousine, que je fus obligée d'accepter car un rien suffisait toujours à lui mettre la puce à l'oreille.

Il se dévêtit donc de son manteau et me couvrit. Il avait, en effet, fait une très belle toilette, une de celles que j'aimais beaucoup. Elle n'était pas boutonnée jusqu'au cou ; elle restait militaire, ce qui était son charme et convenait à la stature de Langlois, son air cassant et son léger grignotement de moustaches ; mais elle avait de touchantes tendresses dans l'évasement du col et le gros nœud de la cravate. Sur ce tigre noir c'était très attendrissant. En tout cas, ça s'adressait d'une façon très savante et très précise au cœur féminin. Et sans rond de jambe.

Il s'était rencogné et il avait rabattu sur ses oreilles les pans de sa casquette de loutre. Il ferma les yeux.

Il avait de chaque côté de lui un personnage moderne. D'un côté, un maquignon très riche avec giletière, breloques, triples mentons, et qui dormait la bouche ouverte. De l'autre côté, une sorte d'artilleur à merde, un huissier en tout cas, certainement un type dans les lois, dans les sous. Il ne dormait pas. Il regardait fixement le troisième bouton de cuivre de la redingote qui lui faisait face. Il avait l'air d'une poule qui a trouvé un couteau.

De mon côté, il y avait encore deux hommes : celui au bouton de cuivre et une sorte de roublard en blouse. À côté du roublard, une jeune villageoise dégrafa finalement son corsage et donna le sein à un gros nourrisson gras, si goulu qu'il pompait avec ses trous de nez le lait qui lui échappait de la bouche. Et le lait lui échappait de la bouche parce qu'il grognait. Et il grognait parce qu'en pompant le lait avec le nez il s'engorgeait et perdait le souffle. Il était dans une rage ! Il mordait sa nourrice. C'est sensible un sein. J'aime bien les enfants, mais je te lui aurais foutu sur la gueule !

Avec ses oreillettes rabattues, ses yeux fermés, Langlois avait tout à fait l'air de ceux qu'on plante à la porte des églises pour nous inciter à faire notre mea-culpa.

On cassa la croûte vers Agnères. On arriva à Grenoble à six heures du soir.

Il y avait plus de quinze ans que je n'étais pas venue dans cette ville. Je ne la reconnaissais plus. Du temps que nous trottions le long des rues jusqu'à la place de France qui était le terminus de la patache, je lorgnais de droite et de gauche. J'avais une boule sur l'estomac et la gorge serrée. Il me semblait que je reprenais de sales habitudes; que je perdais de bonnes odeurs et de la liberté. Si j'avais été à pied et seule, je n'aurais pas pu supporter d'être de nouveau enfermée entre les quatre murs de ces rues. La hauteur des maisons dont j'étais déshabituée m'étouffait.

Quand la voiture s'arrêta sur la place je restai la dernière à descendre.

« Attends, que mes genoux craquent, dis-je à Langlois, je suis ankylosée. »

En réalité, c'est parce que j'avais peur de mettre pied à terre.

Les lumières aussi m'effrayaient, et le bruit :

« Mets-toi sous mon bras, dit Langlois, et veux-tu qu'on boive un champoreau ? »

Mais je ne serais pas entrée dans ce café à côté du bureau des Messageries pour tout l'or du monde.

— Viens donc, lui dis-je, on boira à l'hôtel, j'en connais un par là.

— Non, dit-il, tu n'en connais pas. Tu es une dame. Moi j'en connais un. Viens.

Admettons que je ne le connaisse pas, mais je le connaissais. Il ne pouvait rien y faire.

C'était un très bon petit hôtel dans une courte traverse qui aboutissait aux quais de l'Isère. Il était très commode. Il ne faisait face à rien. C'est-à-dire qu'en face de sa porte d'entrée il n'y avait ni boutiques d'où on peut guetter, ni maisons bourgeoises, mais seulement le grand mur d'un jardin recouvert de vigne vierge. On n'oublie jamais son métier. Quel qu'il soit.

Je fus surprise de voir qu'on nous y attendait. Et encore plus surprise de voir que le garçon, en nous menant aux chambres, ne s'arrêta ni au premier ni au second ; qu'on commença à monter les escaliers du troisième étage qui, pour moi, était comme un hôtel neuf et que nos deux chambres étaient là.

— Pensé que tu ne connaissais pas ce troisième étage, dit Langlois. D'habitude on s'arrête au premier, n'est-ce pas ? Je te dis que tu es une dame.

Voilà comment il était. Il ne disait rien. Il ne bronchait pas, il ne regardait rien, il ne faisait pas attention à vous et, d'un mot, il vous faisait comprendre qu'il savait tout. Et il avait ainsi remède à tout.

— Hep ! Il retint le garçon par le pan de son tablier. Monte-nous deux champoreaux bouillants.

— Voilà ta chambre, me dit-il ensuite. Je crois, si on a exécuté mes ordres, qu'elle donne sur les arbres du jardin (il ouvrit les volets pour s'en assurer), la mienne est à côté. Maintenant, qu'est-ce que tu préfères : aller dîner en ville ou dans une de nos chambres ?

— Ça n'a aucun rapport, lui dis-je, mais crois-tu que Mme Tim, si elle habitait ici, crois-tu qu'elle me recevrait comme elle me reçoit à Saint-Baudille ?

— Ça n'a également aucun rapport, dit-il, mais fais-toi un peu de beauté. Nous allons dîner en ville.

Et il entra dans sa chambre.

Ce qu'il appelait dîner en ville, lui, c'était le gibus à distribuer les coups de pied au cul et le plus grand restaurant de la place Grenette. De ma vie je n'avais mis la savate là-dedans, ni même imaginé que je pourrais l'y mettre ; il fallait être d'une autre classe que moi. Il y avait des équipages devant la porte et, dans le gaz bleu, la salle miroitante où nous entrâmes était toute en battements d'éventails, boas de plumes, aigrettes, plastrons, et plops de bonnes bouteilles. J'entrevis d'immenses décolletés en cœur, plaqués de perles, et ces sortes d'épaules d'un blanc de peau mordorée qui demandent au moins trois générations de petits déjeuners au lit avant de sortir comme il faut des bouillonnés du corsage.

Mais, avec Langlois, il n'était pas nécessaire d'être belle, ni d'être jeune, ni d'être riche pour être quelqu'un ; il suffisait d'être avec lui. Je sais très bien juger de l'attitude des garçons de café : s'ils se foutent du public ou s'ils serrent les fesses. Le maître d'hôtel qui nous accueillit et nous précéda jusqu'à la table qu'avait désignée Langlois serrait si manifestement les fesses que notre sillage fut trouvé tout naturel et même légèrement admiratif. Et il y avait là-dedans des femmes dont, même au temps de ma « *fière beauté* », j'aurais été vilainement envieuse ; et jalouse.

Ce fut coquet : Consommé à l'ancienne, Langouste à la Roscoff, Cramouskis de volaille, Poussins à la Giscours, Alose grillée, Meringues à la crème, desserts, Champagne.

Et cigare.

Je m'en serais bien envoyé un. Pas du tout un de ces crapulos dont je me faisais tourner le cœur dans les coulisses. Non, je me serais bien envoyé un cigare d'honneur, bien paisiblement, là, comme un bon rot espagnol, au milieu de toutes ces pignocheuses. Je pris bien garde de n'en pas parler. Il m'y aurait poussée. Et je l'aurais fait.

— Tu fumes le cigare ? lui dis-je.

— Oui, dit-il. Ça permet beaucoup plus de choses que la pipe. Je m'en remonterai quatre ou cinq boîtes.

Un peu plus tard (nous étions sur le point de partir) je lui dis, lui montrant du coin de l'œil les soupeuses en plumes d'autruche :

— Tu n'aurais qu'à choisir, tu sais...

— Elles seraient trop étonnées, me répondit-il.

Mais, dans les rues désertes qui nous ramenaient à l'hôtel,

champagne ou ma vieille vie qui me remontait à la gorge, je
lui demandai :

— Étonnées de quoi ?

— De mes scrupules, dit-il.

Je ne dormis pas. Je dressai mon plan de bataille et le
matin me trouva sous les armes. Je m'étais dit que j'avais
d'abord des idées, ensuite des relations personnelles.

Je consacrai ma matinée aux idées. Mes idées étaient de
tournailler un peu dans le quartier des étudiants et aussi dans
les alentours du théâtre de la place Bayard. Mais il n'était
pas encore onze heures que je compris que mes idées étaient
mauvaises.

On ne pouvait pas me monter le coup au sujet des « *ména-
gères* » que je rencontrais dans ces quartiers. C'était bien ce
que je cherchais en *substance* comme on dit au Palais et
même en belle gueule, mais en esprit, pas du tout. Ça avait
fréquenté *l'intelligence,* vous pensez ! Ça ne se croyait pas
rien ! Ça commencerait à comprendre la nature des choses à
la première ceinture abdominale ; et nous n'avions ni le
temps d'attendre jusque-là, ni l'envie d'employer de la gelée
de veau. Un trait sur mes idées.

Restaient les relations personnelles. Ça me gênait parce
qu'il fallait revoir des amies et raconter des histoires. Mais,
là comme partout, il faut ce qu'il faut, et, à la guerre comme
à la guerre ; aux grands maux les grands remèdes. Je m'en
dis comme ça une bonne série avant de tirer le premier cor-
don de sonnette.

Eh bien, tout compte fait, il n'y a que le premier pas qui
coûte. Ça ne me déplut pas, cette tournée de la Grande-
Duchesse. Grenoble me faisait beaucoup moins peur que la
veille. La malice me revenait. J'en fus contente. Je me dis :
« Tu seras à la hauteur de ta tâche. Si l'oiseau rare existe, tu
l'auras. »

Je passe sur beaucoup de choses. J'ai bu au moins vingt
cafés ; et de ceux qu'on sait faire chez nous. Vers les quatre

heures du soir j'ai une adresse; j'y vais. On m'avait prévenue : « Tu n'as pas besoin de prendre des gants. »

Je sonne. On m'ouvre. Petite soubrette un peu dépitée de voir que c'était une femme qui avait sonné. Je me dis : « Chômage et toi, ma petite, tu es à la journée.

— Qui demandez-vous? »

Je lui dis : « Permets » et j'entre.

C'était très propre et même charmant. Et surtout, par-ci par-là, de petits bibelots à la praline. Ça, ça ne trompe pas. Indications précises. Surtout dans l'état de finesse où j'étais.

Je vois la dame et, pendant que je récitais le petit compliment préparatoire qui m'amenait tout doucement vers le fauteuil, je me dis : « Ça sera celle-là ou personne. »

On ne pouvait pas rêver mieux.

Plus que présentable : un meuble. Dix minutes de conversation, et magnifique : on aurait pu en faire cadeau à un enfant! Je pousse deux ou trois bottes pour voir si une parade instinctive ne va pas me montrer la vraie nature. Non, tous les coups passaient, et ça entrait comme dans du beurre. La vraie nature, c'était cette petite femme propre, jolie et qui aurait sangloté si on l'avait accusée d'avoir inventé le fil à couper le beurre. L'âge? Je m'en rendais compte, mais avant de partir je lui dis :

— Et comment vous appelez-vous, mon enfant?

— Delphine, me dit-elle.

Je lui avais expliqué toute l'affaire très honnêtement. Elle m'avait même demandé :

« Mais, pourquoi moi? »

Je lui dis qu'on nous l'avait beaucoup recommandée; que le passé était le passé, et qu'à bon entendeur salut (c'était ma journée des proverbes).

« Il faut pourtant qu'il me voie », dit-elle (son esprit allait jusque-là cependant).

J'abondai naturellement dans son sens et je lui dis que le Monsieur viendrait demain à trois heures de l'après-midi. Sur le seuil de la porte je ne pus m'empêcher d'ajouter :

« Faites donc mettre un tablier blanc à cette petite, mon enfant. »

Non pas que le tablier de la bonne soit sale, au contraire : on ne pouvait rien reprocher au tablier de la bonne, mais parce que, à partir de ce moment-là, j'ai toujours eu quelque chose à reprocher à tout le monde.

Le lendemain matin, Langlois tape à la porte. Il était sept heures.

— On peut entrer ? dit-il.

— Si ça ne te fait rien de me voir au lit. (Tout m'était égal.)

Il entre. « J'ai retenu ta place à la voiture publique, dit-il. Elle part à onze heures. »

J'avais le souffle coupé, ce qui lui permit de poursuivre : « Occupe-toi du *bongalove,* dit-il. Les murs sont secs ; ce qui reste à faire peut être fini en cinq jours. Nous arriverons d'aujourd'hui en huit. »

— Mais, dis-je, si elle ne faisait pas l'affaire ?

— Elle fera l'affaire, dit-il.

Il m'accompagna jusqu'à la voiture. Il avait retenu un coin. Il me fit placer.

— Ne reste pas là, lui dis-je.

— C'est vrai, dit-il, excuse-moi.

Il s'éloigna de son grand pas balancé, je le vis entrer sous les arbres de la place Royale, traverser la roseraie devant le Palais, tourner le coin d'une rue et disparaître.

Si je n'ai pas pensé cent fois à ce tablier blanc pendant le voyage de retour ! Et cent fois à Delphine, jeune, jolie, et dont la bêtise avait attendu les cailles rôties. Qui étaient tombées, finalement.

Aux innocents les mains pleines. C'est facile à dire. Mais, quand elle arriva, j'entendis qu'on l'appelait Mme la commandante : cette fille de Voiron! Car elle est tout simplement de Voiron. Ça n'est pas quelqu'un de rare!

Hé quoi, des cheveux noirs et de la peau bien tendue sur une armature ; simplement alors parce qu'on avait soigneusement évité des faux plis ? S'il y a quelque chose dont on n'a pas à tirer gloire, c'est bien de ça! Et c'est de ça qu'elle est faite. Qu'elle était faite, Dieu merci. Et c'était ça qu'on appelait commandante ? Commandante de sa soupe quand elle l'avait mangée, un point c'est tout.

Ils sont arrivés ici le 8. Elle ne s'est même pas rendu compte que le 9 au matin, à la première heure, Langlois partait pour le col où l'équipe de Piémontais travaille à la carrière.

Depuis les beaux jours on avait recommencé à entendre leurs coups de mine.

Et s'il avait pu y partir le 8 au soir, il y serait parti le 8 au soir ; mais la diligence arriva à six heures du soir, et Langlois ménageait tout le monde et son père. C'est pourquoi il attendit gentiment jusqu'au lendemain matin.

Et je parie que la Delphine se leva tranquillement à son heure, et je parie qu'elle était animée de bonnes intentions, et je parie que sa remarquable intelligence alla jusqu'à dire : « Tiens, je vais ranger ses boîtes de cigares. » Et je parie que l'innocente aux mains pleines rangea les boîtes de cigares bien gentiment de chaque côté de la glace, sur la cheminée de la salle à manger : quatre d'un côté, quatre de l'autre.

Il me semble que je la vois. Je parie qu'elle s'est reculée pour juger de l'effet que produisaient les étiquettes.

Les cigares! Il m'en a parlé à Grenoble, dans le restaurant à plumes d'autruche, et à un moment où la Delphine était dans les trente-sixièmes dessous. Commandante! Qu'est-ce qu'elle a commandé ?

Et, les coups de mine, bien avant que nous partions pour Grenoble, ils ont commencé à péter là-haut, du côté du col. Mais comment voulez-vous que je sache que Langlois écoutait plutôt ça qu'autre chose ? Du moment qu'il prenait la patache avec moi, est-ce que je pouvais imaginer *ses scrupules,* moi ?

Vous me direz : « Tu as choisi Delphine et tu as choisi ta place. Regarde Mme Tim et le procureur : à partir de ce moment ils se sont tenus *à distance respectueuse.* »

D'accord. Mais le procureur et Mme Tim, nous pouvions marcher bras dessus, bras dessous, nous n'étions pas du même côté de la barricade.

Je suis mal élevée, moi. Je ne sais pas sortir à temps, même s'il est question de respect. Et puis, respect... est-ce qu'on respecte ceux qu'on aime ?

Ma place, je ne l'ai pas choisie. Je n'appelle pas choisir choisir par force, par la force des choses, parce que j'avais soixante-dix ans sur le râble. Exactement sur le râble.

J'ai choisi Delphine, ça, d'accord.

Et je sais : c'était exactement la femme incapable de voir dans une boîte à cigares autre chose qu'une boîte à cigares. J'aurais dû m'en douter. Je faisais mieux que m'en douter. Je le savais.

Je n'ai rien à lui reprocher, pas plus que je n'avais à reprocher au tablier blanc de sa bonne, qui était très blanc, même un peu amidonné et avec un joli petit amour de bavolet au ruché tuyauté. Croyez-vous que je ne le savais pas, ça non plus ? Ça crevait les yeux !

Qu'est-ce qu'on peut reprocher à Delphine ? Ce n'était pas une « *brodeuse* ». Pas pour un sou. Est-ce qu'elle n'avait pas accepté gentiment les murs crépis à la chaux, le lit et les deux chaises, et même le rideau de lin dont Mme Tim avait fait cadeau (que Langlois fit dépendre et rangea dans le placard) ?

Est-ce qu'elle n'avait pas accepté la table et les deux chaises de la soi-disant salle à manger ? Et la glace que Langlois avait fait placer sur la cheminée en disant : « Tu aimeras sûrement te regarder un peu » et qui reflétait les murs crépis à la chaux ?

Est-ce qu'elle n'était pas flatteuse quand ils allaient tous les deux en visite chez Mme Tim? et qu'elle marchait sans dire un mot au milieu de toutes les belles choses de Saint-Baudille dont elle avait compris qu'il fallait faire comme d'une musique sur laquelle on met un pas spécial?

Est-ce qu'elle a été ce qu'il voulait? Exactement ce qu'il voulait.

Quand je suis venue m'installer avec mon tricot, elle m'a dit:

« Qu'est-ce que vous faites là? »

Je lui ai dit: « Rien. Je fais des points. Des points et des points.

— Mais, qu'est-ce que ça sera à la fin, quoi: des bas, un chandail?

— Non, lui dis-je, rien. Ce n'est rien, j'aligne des points les uns à côté des autres, puis des points les uns sur les autres. Pour occuper les doigts. Ça sera un cache-nez, ou une écharpe, ou une couverture, selon que j'aurai plus ou moins longtemps besoin d'occuper mes doigts. Je ne fais pas de projets à l'avance. »

Les soirées étaient paisibles. Langlois, comme tous les soirs, avait ouvert une boîte de cigares, pris un cigare et il était allé le fumer au bout du jardin. Par la fenêtre on voyait le point rouge du cigare allumé qu'il avait à la bouche aller et venir dans la nuit; une nuit pas trop noire dans laquelle on voyait la forme des montagnes et la braise de cigare se déplacer lentement sur elle comme une lanterne de voiture qui se serait déplacée à travers les forêts, les vallons, les cimes et les crêtes; puis, brusquement, la montagne man-quait et la voiture s'en allait, imperturbable, sur rien, dans la nuit grise.

De temps en temps, je levais les yeux de dessus mon ouvrage pour voir où il en était de son lointain voyage, puis je me remettais à aligner des points et des points de ce cache-nez qui serait peut-être écharpe, ou couverture, ou, baste... Je n'avais besoin de rien. Ni lui non plus. Alors, la forme !...

Nous nous souvenions très bien, bigre, de cette époque.

C'est vrai : les cigares !

Mais, nous nous étions dit : « C'est sans doute pour faire honneur à sa dame. Il ne manque pas de jeunes dames à qui la pipe répugne. Au début d'un mariage, on fait toujours des concessions. Les vieux maris sont toujours bien contents de pouvoir au moins faire quelque chose d'agréable sans effort. Après, ce sont des choses qui s'arrangent. » On s'était dit : « Il y reviendra à sa pipe. »

Mais, dès la première chute de neige (une toute petite neige d'automne qui tomba le 20 octobre. Il y en avait une épaisseur de deux travers de doigts à peine. C'était évidemment suffisant pour que tout le pays soit blanc, même beaucoup plus blanc que lorsqu'il en tombait un mètre. Ces neiges rases sont étincelantes comme du sel), Anselmie vit arriver Langlois chez elle.

Le lendemain de ce jour-là nous étions peut-être cinquante chez Anselmie et tout le jour ce fut un défilé.

On lui dit : « Eh bien, raconte. Qu'est-ce qu'il t'a dit ? Qu'est-ce qu'il a fait ?

— Il est venu », dit-elle.

Et des heures avant qu'on puisse en tirer autre chose que ce « Il est venu ».

C'est une brute, cette femme !

On était quand même arrivé à savoir à peu près quelque chose. La neige était donc tombée. Le pays était tout blanc. Langlois était arrivé chez Anselmie. Il n'était pas entré. Il avait ouvert la porte et il avait crié :

« Est-ce que tu es là ?

— Bien sûr que je suis là, avait dit Anselmie.

— Amène-toi, avait dit Langlois.

— Pourquoi est-ce qu'il faut que je m'amène? avait dit Anselmie.

— Discute pas, avait dit Langlois.

— Vous me laisserez jeter mon poireau dans la soupe? avait dit Anselmie.

— Dépêche », avait dit Langlois.

« Il avait une voix, dit Anselmie, que j'en ai lâché mon poireau et que je suis venue tout de suite.

— Quelle voix? lui demandâmes-nous. Parle. Le procureur va venir, tu sais. Et lui te fera parler.

— Bien, qu'est-ce que vous voulez que je vous dise, dit Anselmie, il était en colère, quoi!

— Langlois?

— Oui, c'était une voix en colère.

— Bon. Alors, tu es venue, et est-ce qu'il était en colère?

— Oh! pas du tout.

— Comment était-il?

— Comme d'habitude.

— Pas plus?

— Pas plus quoi? Non, comme d'habitude.

— Il n'avait pas l'air fou?

— Lui? Ah! bien alors, vous autres! Fou? Vous n'y êtes plus! Pas du tout, il était comme d'habitude.

— Il n'avait pas l'air méchant?

— Mais non. Puisque je vous dis qu'il était comme d'habitude. Vous savez qu'il n'était pas très rigolo; bien, il continuait à n'être pas très rigolo, mais tout juste. Bien gentil, quoi!

— Bon. Alors, qu'est-ce qu'il t'a dit?

— Il m'a dit : "Est-ce que tu as des oies?" J'y ai dit : "Oui, j'ai des oies; ça dépend." — "Va m'en chercher une." J'y dis : "Sont pas très grasses", mais il a insisté, alors j'y ai dit : "Eh bien, venez." On a fait le tour du hangar et j'y ai attrapé une oie. »

Comme elle s'arrête, on lui dit un peu rudement : « Eh bien, parle.

— Bien voilà, dit Anselmie... C'est tout.

— Comment, c'est tout ?

— Bien oui, c'est tout. Il me dit : "Coupe-lui la tête." J'ai pris le couperet, j'ai coupé la tête à l'oie.

— Où ?

— Où quoi, dit-elle, sur le billot, parbleu.

— Où qu'il était ce billot ?

— Sous le hangar, pardi.

— Et Langlois, qu'est-ce qu'il faisait ?

— Se tenait à l'écart.

— Où ?

— Dehors le hangar.

— Dans la neige ?

— Oh ! y en avait si peu.

— Mais parle. Et on la bouscule.

— Vous m'ennuyez à la fin, dit-elle, je vous dis que c'est tout. Si je vous dis que c'est tout, c'est que c'est tout, nom de nom. Il m'a dit : "Donne." J'y ai donné l'oie. Il l'a tenue par les pattes. Eh bien, il l'a regardée saigner dans la neige. Quand elle a eu saigné un moment, il me l'a rendue. Il m'a dit : "Tiens, la voilà. Et va-t'en." Et je suis rentrée avec l'oie. Et je me suis dit : "Il veut sans doute que tu la plumes." Alors, je me suis mise à la plumer. Quand elle a été plumée, j'ai regardé. Il était toujours au même endroit. Planté. Il regardait à ses pieds le sang de l'oie. J'y ai dit : "L'est plumée, monsieur Langlois." Il ne m'a pas répondu et n'a pas bougé. Je me suis dit : "Il n'est pas sourd ; il t'a entendue. Quand il la voudra, il viendra la chercher." Et j'ai fait ma soupe. Est venu cinq heures. La nuit tombait. Je sors prendre du bois. Il était toujours là au même endroit. J'y ai de nouveau dit : "L'est plumée, monsieur Langlois, vous pouvez la prendre." Il n'a pas bougé. Alors, je suis rentrée chercher l'oie pour la lui porter mais, quand je suis sortie, il était parti. »

Eh bien, voilà ce qu'il dut faire. Il remonta chez lui et il tint le coup jusqu'après la soupe. Il attendit que Saucisse ait pris son tricot d'attente et que Delphine ait posé ses mains sur ses genoux. Il ouvrit, comme d'habitude, la boîte de cigares, et il sortit pour fumer.

Seulement, ce soir-là, il ne fumait pas un cigare : il fumait une cartouche de dynamite. Ce que Delphine et Saucisse regardèrent comme d'habitude, la petite braise, le petit fanal de voiture, c'était le grésillement de la mèche.

Et il y eut, au fond du jardin, l'énorme éclaboussement d'or qui éclaira la nuit pendant une seconde. C'était la tête de Langlois qui prenait enfin les dimensions de l'univers.

Qui a dit : « *Un roi sans divertissement est un homme plein de misères* » ?

Manosque,
1ᵉʳ septembre — 10 octobre 46.

**Œuvre originale de couverture
réalisée par JEAN CORTOT**

« Pour moi, l'écriture est un dessin. » Jean Cortot

Aubin Imprimeur
LIGUGÉ, POITIERS

Achevé d'imprimer en juillet 1999
pour le compte de France Loisirs
123, bd de Grenelle, 75015 Paris
N° d'édition 31911 / N° d'impression L 58635

Dépôt légal, août 1999
Imprimé en France